影梅庵忆语

〔清〕冒襄 著

半枝半影 译注 / 解读

与世书
写给世界的
私人信

漓江出版社
桂林

冒襄（1611—1693）

字辟疆，号巢民，一号朴庵，又号朴斋，江苏如皋人，明末清初才子名士，与陈贞慧（定生）、方以智（密之）、侯朝宗（方域）并称"明末四公子"。风骨铮铮，著作等身，著有《朴巢诗文集》《水绘园诗文集》《寒碧孤吟》《六十年师友诗文同人集》等。

他和秦淮名妓董白（小宛）的爱情故事亦是缠绵悱恻。董小宛去世后，冒襄写下《影梅庵忆语》，追忆二人生活的点点滴滴，开启了中国文学史上"自传其爱"的"忆语体"文学之先河，在文学史上留下了浪漫动人的一笔。

半枝半影

坚守老式"书斋"风格的写作者，安守文字世界的平和寂静，只为性灵所至而书写，安静写作，安静翻译，安静推荐解读自己喜欢的作品与作者。

"与世书"系列的古文今译，追求译文的气韵与美感，力图"神似"原作风格；注释细致入微，对每一人物、事件、典故、诗词、器物、风俗皆不避琐屑，娓娓道来；通过扎实的考证补充原文的空白之处；相关解读分析，力求直面人心、洞察世情，深刻又宽容、温暖而犀利；致力于在古文今译一事上用心至性，打磨佳作。

已出版《风言风语——青春者诗经笔记》《浮生六记（今译）》《与茶说》等作品。

个人主页：
半枝半影之地

新浪微博：
半枝半影的笔记簿

目录

———

前言

影梅庵忆语·今译

序

影梅庵忆语 · 原文 & 注解

序

后记

围观三百年前那段"不完美爱情"

附录

亡妾秦淮董氏小宛哀辞（有序跋）

冒姬董小宛传

前言

我们的文学史上有这么一类作品，出现较晚，数量有限，似乎不大上得了台面；作者中也没有什么大家……却又很受欢迎，流传颇广。甚至可以说，它们得到的关注、欣赏和追捧，其实是超出了作品本身的水准的。

这一类，被称为"忆语体"，代表作是大家熟悉的《浮生六记》，而开山之作，就是这本《影梅庵忆语》。

关于"忆语体"，我觉得《影梅庵忆语》里的一句话可以概括——"自传其爱"。

仅仅是"传"，并不特别，中国古代"为人作传"之风不要太盛，且不提史书的正统便是纪传体，但凡有个把知书识字的亲朋，生前死后，谁还没有几篇传呢。

就比如《影梅庵忆语》的作者冒襄，翻开他的文集，为师友、长辈、父母、妻女甚至侍妾，写的传记不要太多，但只有这一篇《影梅庵忆语》被归入了"忆语体"。

所以关键还是在于"自传其爱"。不是世俗礼法、人情往来之作，也不是简单记录人物生平，而是以"私人"的方式留下的"私生活记录"。它很琐碎，都是一些在正规传记中无法放置的日常琐事；它很浅薄，似乎只是逞着性子写，根本不考虑文字的"中心思想"是什么；它也很自我，仿佛整个世界只围绕着自我与所爱，于世风时局天下家国全不在意……但所有这些，也正是"忆语体"的珍贵之处。

我们的文学史上缺少这样的故事：由当事人亲手书写，仅限于最亲密的人和事，记录下亲身的经历，只为了留住一点点回忆、一些些往事，往事和回忆中点滴的酸甜苦辣、看似微不足道的爱恨嗔痴……从这个意义上来说，"忆语体"可以说是中国古代难得的"私文学"，而我更愿意将之称为"心灵的小史诗"。

正如我们这本《影梅庵忆语》，褪去传说和演绎赋予两个主角的光芒，撇开时代背景下的家国兴亡之叹，它不过就是一段简单的、世俗的、温暖而感伤的、关于爱和成长的故事：一个人如何遇到所爱，如何与所爱之人相守，又是如何最终失去了她，并在这样的过程中，通过所爱之人，感受这个世界的美好，真正懂得了爱的意义与价值，进而感悟到人生的无常与无常中的圆满，此恨绵绵，却又了无遗憾。

这样的"心灵史诗"，似乎只属于作者个人，但对每一个读者而言，却又自有其意义和价值。

我们每一个人，无论多么平凡，多么微不足道，如果将生命中真实的一段，以如此坦诚而"私人"的方式，娓娓道来，都会是一部心灵的史诗。

而这样的故事，应该，也注定有着长久的生命力，纵使时光流逝，故事里的人早就离去，他们所属的时代也已结束……但故事却永远让人为之动容，为之若有所思，若有所感。

正如一位不知名的诗人的诗句——

那些细小的花朵

散发着永远的芬芳

接下来，我来简单地说说这本书的"构成"，以及我个人对今天的我们，如何欣赏解读此类古籍的一点小想法。

首先，是我所作的"今译"，即将相对古奥（其实也没有那么古奥，明清的文言文已经相当"白话"了）的原文，"翻译"成白话。

我一直觉得，对古代文学作品的翻译，也应该尽力遵守"信、达、雅",而不是像做功课一样逐字逐句精准全面地译出。

很多时候,明明是那么美,那么气韵流畅、和谐悦耳,那么生动而鲜明的"文言",译成白话之后,不知怎么就显得呆板而笨重,反而比原文更佶屈聱牙,不能卒读。甚至因此形成了某种"古文翻译体",在网上成为调侃对象。

究其原因,还是没有将之真正视为"翻译"。

真正的翻译,在准确传达原文意思的同时,还应该做适当的调整、裁剪、润色和补充,以期传达出原文的风格、韵味、节奏与美感。甚至为此在有些地方和原文"对不上",也没有关系。

所以,我在作"今译"的时候,极力模仿原作者流丽摇曳甚至略微有些做作的风格,而没有做到逐字逐句准确译出,还请读者诸君见谅。

同时,为了文气流畅,在"译文"中,我尽可能地减少注解,只保留比较关键的,会影响到对文章理解的少部分,而且尽量做到精简,仍然是希望呈现到读者眼前的,是完整的文字,带给读者顺畅的阅读感——当然,顺畅之余,如果竟还能有些愉悦和享受,那我就真是喜出望外,幸甚至哉了。

随后,在"原文"部分,我就不厌其烦地详加注解了。

我始终觉得,所有的今译、改写,其实都不过是某种"做罐头"和"剥坚果"的工作。

那些流传至今的辞章，都曾经是最最鲜活"美味"的作品，只是时光流逝，曾经的明白晓畅变成了艰涩难懂，曾经的不言而喻变成了不知所云……这种时候，就需要有人来对其进行一些"加工"，就好像是把往昔的甜美果实做成罐头，以免它显得像是被岁月风干了水分，改变了味道，或者是敲开对今天的人来说已经成为理解障碍的"外壳"，使大家能比较容易地尝到内核的"果仁"。

当然，除非是真正的大家操刀，否则这样处理加工过的文字，肯定会流失大部分的风味。因此，我总希望，读者朋友们在尝过"罐头"之后，若是觉得还对味儿，甚至有几分可口，最好能顺藤摸瓜去看原文。大多数时候，那是强化了许多的"对味"和"可口"。——而若是能真有读者，看了我的"今译"，进而对原文产生兴趣，那我就真是太荣幸喜悦了。

至于注解工作，不用说，于文学一道，中国自古就将之视为重中之重。所以我不敢不遵循古礼，在做注解的时候，战战兢兢、不厌其烦，不仅是生僻的字词，古今不同的语义，包括那些山川地理、历史人文的掌故，只要是文中出现的，都尽量详细解释；文中的引用，也尽量附上被引用的原文全篇，以及相关的前因后果……有时也许会有太累赘、啰唆的嫌疑，但我总觉得，这样的功夫，能多下一点就尽量多下一点。只是或许会对读者造成阅读上的影响，也只能在这里预先道歉了。

而且冒襄行文颇喜欢用梗（有时候甚至用得不太妥当），一处没有解释到，就有可能造成误解。

而且，因为是一篇"私文学"，所以难免涉及一些"私人关系"，文中出现了大量的人名，对他们的生平不做解释，也不会影响阅读，只要知道"这是个朋友""这也是个朋友""这是个好朋友"就行了。

但是，如果对这些人物的生平有进一步的了解，再对照文中他们出镜的瞬间，会特别有感触，从而增加阅读的质感和厚度。

比如文中出现一位"黎美周"，冒襄写到他和小宛收藏的生黄香，黎美周作为广东人，看了都不认识，惊叹好可爱。

这是一个非常小的细节，黎的表现也很可爱，感觉是个有点憨憨的热心朋友。但如果我们了解到，他不仅是个画家、才子，曾经在一次明末著名的诗会上夺魁，风光一时，明末抗清之际，他还亲自披甲上阵，带兵死守赣州，一直打到巷战，身中数箭，最后与其弟一同殉国。

这时，再回头看小冒向他炫耀自己收藏的名香，他"讶为何物，何从得如此精妙？（呢啲系咩？乜咁可爱？）"就更加可爱，也更加让人感慨了。

所以，对于出现的人物，只要能够，我都尽量简单讲一讲他们的生平经历，既是为读者增加阅读的质感，也是为了让这些曾经鲜活而丰富的生命，更为人所知一点。

最后，和所有的"忆语体"一样，《影梅庵忆语》截取的是生活中的片段，虽然小宛的生命定格于文末，但冒襄的人生还在继续，小宛去世后，他又活了四十二年，整整半生。

所以在原文之后，我又根据《冒辟疆全集》和《冒巢民先生年谱》，将他之后的人生，简单地勾勒一番，以飨读者。

这就好比是一部精彩的电影，结束之后，被打动的观众，总希望知道仍幸存的主角，在故事结束之后又经历了什么，所以才会有简单的字幕交代后来的事儿。——当然，似乎可以说这有点俗，故事结束了，一切定格于作者所选定的最后一个画面不好吗？但我承认，我自己就是一个有点俗的读者，也就不避庸俗，附上一小段尾声了。

另外，看完所有这些，或许还有读者仍有兴趣与余力，意犹未尽。而恰好这篇《影梅庵忆语》之外，还有冒襄追忆董小宛所作的《亡妾秦淮董氏小宛哀辞》，和他的朋友张明弼所作的《冒姬董小宛传》，视角不同，文体各异，可以对照着看一看。

同时，因为所述事件内容大致相当，所以我就不再做过多的解释评注，只将原文附上，供有兴趣和余力的读者朋友进一步"钻研"了。

以上，便是我对《影梅庵忆语》作今译、评注和相关资料编辑的思路，以及自己的一些小想法、小观点了。

总之，我虽不才，一部《影梅庵忆语》，却真的是一篇难得的至性至情之作，值得读者诸君，将生命中的若干时辰，放置其中。

谢谢。

半枝半影

2019 年 11 月　于北京

影梅庵忆语·今译

序

　　爱恋缘于亲密，人们对亲密爱人难免处处美化修饰，而那些被如此美化过的爱人，又有多少真如传说中那般可爱呢？

　　况且那些传说中的女子，她们的容光与神采，隐藏于闺房深处，隔着层层屏障与帷幕，所谓神仙姿容，天人风华，只能由着舞文弄墨的才子凭空描摹幻化。

　　近些年来，此风愈长，作者们更刻意编造曲折的悲欢离合，夹杂自己代笔的诗词曲赋，仿佛世间满是西子、郑旦、文君、薛涛那样的绝代佳人，又总是委身庸碌之辈。

　　这真是使美人蒙不白之冤，而便宜了沽名钓誉的猥琐文人。

　　亡妾董氏，名白，字小宛，又字青莲。本是南京

　　　　　　　　　　　　　　　　今 译

人氏，迁至苏州，虽然年少时风尘中艳名远播，但那实在不是她的本来面目。

我们相识不久，小宛便矢志不渝相随，之后居家过日子，才真正显出她的聪慧与见识。九年时间，家中上下老幼，无不对她喜爱眷恋。我隐退写书，我妻操持家务，处处得她相伴相助。

之后山河变色，时局崩溃，举家逃难时我又病重，全靠小宛相携扶持。其间处处危难险境，她视若平常，种种艰辛苦楚，皆甘之如饴。经历过这些，我与小宛已全然心意相通，无分彼此。此刻骤然死别，我真不知死去的是她还是自己！

再看我妻，痛失左膀右臂，恍惚茫然，不知所措；家中众人，无不悲楚哀恸；那些了解小宛生平及为人的朋友们，亦为之伤心怅惘；听说过她的聪慧与德行的旁人，也喟叹不已，都道她真不逊色于盛名传于世间的才子和义士。

小宛离世，我椎心泣血，写下几千字的哀辞寄托哀思。但辞章限于声律格式，不能细述往事，便又有了这纪念文章。

然而动笔之时，相伴九年的种种光景，以及小宛的一生，一齐涌上心头，教人泪眼蒙眬。纵有古人吞花梦鸟般惊才绝艳的文采，也难以诉诸笔端。何况我悲伤得才思枯竭，唯有泪水浸透笔尖，唯愿能保留小宛的生平点滴，哪里还有心思去杜撰美化。

所以在此，我不过将往日时光，如实细细道来，没有一点幻化伪饰，更不仅仅为了追忆浓情蜜意。

想我年过四十，容貌沧桑，早已不复曾经的翩翩少年。——十五年前，眉公先生就曾取笑我于功名美色皆不在意。如今更不能再效世间轻薄儿郎，只顾将艳遇情史夸张铺陈，却是辜负了逝者的真情。我只愿信我之人，读到此文，心知小宛确不是寻常女子，或许更多为她而写的美好文字，得以流传世间，则小宛死而无憾，我也不再为苟活世上而抱恨。

陈继儒，号眉公

一、纪遇

1639年，即明崇祯十二年，这一年作者二十八岁

乡试，在南京贡院

方以智，字密之，与冒辟疆同为"复社四公子"

今苏州山塘街万福桥北

己卯年初夏，我到南京应试，见到方兄密之，他说："近来秦淮美人中，有位董姬，正当妙龄，才情容貌真是无人能及。"我便去拜访，却未得见，只因她厌倦了南京的繁华纷扰，举家迁往苏州了。

此后乡试不利，我到姑苏一带散心，不止一次前往董姬居住的半塘，她却去了洞庭一带游历，仍然未能见到。

当时苏州半塘，名气与董姬相仿的美人有沙九畹和杨漪焻，我几乎日日与两人同游，偏偏就是见不到董姬，咫尺天涯，很是牵挂。

离开苏州前，我再次拜访，只求一见。董母善解人意，婉言安慰我道："辛苦公子数次来访，今天女儿在家，只是酒醉未醒，且一会儿还要外出，还请公

子莫要见怪。"

我以为此番仍不得相见，不想随后小宛被侍儿扶出，从门外小径走过，绯红染面，醉眼流波，姿容如玉，神韵天然，隔着栏杆一照面，娇慵懒散，一言不发，便已让我惊艳爱慕得不知如何是好，怜惜她酒后困倦，连忙告辞离开。

这是我们初见，当时小宛十六岁。

一年后，我在扬州影园小住，便想着往苏州去见小宛，却得知她去了杭州，还要到徽州游览黄山、白岳，又未能成行。

属名士郑元勋
齐云山

第二年春，我去衡阳看望父亲，路过苏州，到半塘打听小宛的消息，得知她还在黄山一带，仍然缘悭一面。

当时冒父任衡永兵备道

当时许公若鲁到粤地赴任，与我同行。一日他外出赴宴，回来说："此处有位陈姬，雅善音韵，才艺出色，不可不见。"

许直，字若鲁
陈沅，即陈圆圆

我与许公数次前往，方得一见陈姬，果然轻盈飘逸，淡雅而极有风姿，素丝衫子，湘绸裙子，仿佛缥缈云烟中孤影惊鸿一瞥的仙鸾。她唱了弋阳腔《红梅记》中的一曲，如此伧俗的剧目，如此山野的腔调，

江西弋阳民间唱腔
明周朝俊所作传奇

　　　　　　　今译

被陈姬唱出，却似云出青山，珠落玉盘，听得人心神摇曳，欲仙欲死。

当时已是<u>四更</u>，忽然起了风雨，我恋恋不舍地与陈姬相约再见。陈姬说："<u>光福寺</u>梅花盛开，如万顷冷香云雾，明晨公子与我同去玩赏可好？"可惜这时我滞留苏州半月，行程不能再耽搁，估摸八月间能回，便与陈姬相约："待我衡阳归来，与卿卿相约<u>虎疁</u>桂花林中。"

与陈姬别后，到八月十八，我陪母亲从衡阳回来，这时父亲被调往已失守的襄阳，使我心急如焚。到了杭州，听说陈姬已被<u>权势豪强掠去</u>，心中惨然，但仍抱一线希冀。赶到苏州，欲往浒墅关一践桂花之约，然而此时从<u>阊门</u>到浒墅的十五里，水路拥塞，无法前行，我只能遥望浩叹。

这一夜有朋友来访，听我叹息"佳人难再得"。朋友便说："非也。陈姬为豪强夺去是谣传，是诓骗那些觊觎她的人的，她其实躲在某处，距此不远，我陪你前往就是。"

如此再遇陈姬，仿佛寻得藏在深谷中的幽兰。陈姬含笑说："这不是雨夜小船上与我相约赏桂的公子

凌晨一点到三点

今苏州光福镇龟山

今苏州东南浒墅关

指陈圆圆为崇祯田贵妃之父田弘遇强掠之事

今苏州古城西门

吗？一别之后，时时感念公子殷勤，谁知忽遭不测，不能赴约。如今虎口脱险，重见公子，真是天幸。此处偏僻，我又持斋，但还是请公子留下，焚香沏茶，与公子月下赏桂，以践前缘，再作后事商量。"

然而我仍不得不婉拒，因为这一带水路不太平，我带着一百多号护卫，都住在岸上，母亲却还在船中，让我牵挂不安。

那天也确实有事，天色方暗就听得枪炮声震耳，仿佛正在我家停船之处。我疾驰赶回，原来有权宦的船只抢道，和我家护卫打了起来，劝解一番，对方才离开。

出了此事，我便守住母亲，不再上岸。

不料第二天一早，陈姬却来了，淡妆素雅，请求拜见我母亲，之后又约我再去她处，情词恳切。这一夜，水路依然未通，船不得行，我便踏着月色，再次去会陈姬。

此番相见，陈姬直言："妾身此次脱险，已决意择一良人托付终身，无人比公子更得我心，可当此托付。今日又见太夫人，温善和蔼，使人如沐春风，如饮甘露，妾身心意已决，还请公子不要推辞。"

我闻言心惊，只得微笑道："此事不易。家父身处战乱兵火，我已暗下决心，倘有不测，安顿好母亲，便以身殉国殉父，家中妻儿尚且不能顾及，何况卿卿。此番两次与卿相会，只是滞留此地，无聊散心而已。忽闻此言，实在惊讶，即使真蒙卿卿错爱，也只能拒绝，不可误了卿卿。"

陈姬沉默片刻，语气更加婉转，道："只愿公子不负妾心意，妾愿待到令尊大人凯旋之时再作商议。"

我答道："若真如卿卿所言，我定不相负。"

陈姬闻言惊喜，再三叮嘱，种种柔情絮语，无法一一记下。那夜，我写下八首绝句相赠。

奉母归家后，我便为父亲各处奔波疏通，难以细表。直到壬午年春，朝中诸公念及父亲年迈涉险，膝下唯有我这一子，欲将之调离襄阳。我当时在常州，得到消息，心中大定，才有心情去苏州探望陈姬。

去年冬天，陈姬已数次催促，只因国事家事缠身，未及回复。然而当我到苏州，才知十天前，当初觊觎陈姬的豪强再度逼迫，又有旧日相知聚集上千人将她抢出，豪强偏要赌气，不惜重金贿赂当地官府，官府不敢得罪豪强，听任其再次将陈姬夺走。

待我到时，佳人已杳，我惆怅不已，然而时势所迫，

1642 年

父亲的安危为重，也只得辜负陈姬了。

那一夜，我满心抑郁。同行的朋友约我夜游虎𨱏散心，我一路想的却都是明日如何安排人往襄阳给父亲送信，自己如何速速回乡。

途中经过一座小桥，岸边小楼，我无意中问起何人在此居住。朋友答是董姬小宛，牵动我三年前追慕不得的心思，转而惊喜，忙令停船，欲登楼拜访。

朋友劝道："董姬前些时也被权势之人威逼，卧病不起，董母又去世了，她就一直闭门，不见客人。"

我不肯错过，叩门求见，许久才有人应答，引我入楼中。只见灯火暗淡，楼梯曲折，屋中药气氤氲，小宛在帷幕后低声问来者何人，我答道："当年小径栏杆外醉梦中一见之人。"

小宛忆起当时情形，垂泪道："那时公子数次来访，只得一见，但母亲时时感叹公子非同凡响，惋惜我未能与公子相知。转眼竟已三年，母亲去世不久，此时再见公子，不由得思及母亲，她的话仿佛还在耳边。不知公子这是从何处来？"

说着，小宛强撑病体掀起帷帐，命人点灯，凝视我一番，又请我坐在榻旁，聊了几句。我怜惜她病弱，便欲告辞。小宛牵住我的衣袖，说："我病已久，不思饮食，每日昏昏沉沉如在梦中，心悸魂惊，不得安宁。今日见到公子，忽然觉得爽快了许多。"说着就命人在榻前摆上酒食，亲手为我斟酒。我略饮几杯，再次告辞，小宛仍然不放。如此数次，我只得说："明日须遣人去襄阳，告诉家父他将调离。若今晚留宿此处，恐怕耽误，待我明早安排妥当，再来看望。"

小宛道："公子果然不是寻常人，妾身就不再强留了。"

我便告辞离去。

第二天一早，去襄阳的人出发后，我急着启程回乡，将喜讯告诉母亲和家人。朋友劝道："昨晚与董姬匆匆一见，就此离去似乎不妥，还是不要辜负佳人的心意吧。"

我便如约前往小楼，欲向小宛告别。船到时，只见小宛已装束齐整，正倚楼眺望。见我的船靠岸，忙下楼登船。我说自己这就要回乡，小宛却说："我已收拾妥当，送公子一程。"

如此盛情，我不忍拒绝，就这样小宛一路跟随，经过无锡、常州、宜兴、江阴，到北固山下，共二十七日。

我日日欲就此别过，她却说什么也不肯离去。

一日登上金山，小宛指着山下滔滔江水起誓："妾身便如这江水，随君东下，此生决不再回苏州。"

此时我只得硬起心肠，与她分说："科考在即，不可仓促；何况近年家父身陷险境，家中诸事不能顾及，对家母也疏于孝敬照顾；此番回乡，一切都须从头打理。况且卿卿家中还有诸多琐事，迁居落籍也不是一朝一夕之事。不如卿卿先回苏州，待我县试之后，与卿卿同赴南京。乡试之后，且不管能中否，我才有心思为咱俩打算。若只顾眼下缠绵，于事无益。"

小宛闻言，仍踌躇不愿离去。

此时，身边案上有一套五木骰子，一个朋友开玩笑："董姬若是终究心愿得偿，必定能一把掷出个'巧'来。"

古代博具，一套五枚骰子

五个骰子全部掷出"六"为"巧"

小宛便在窗边郑重祷告，而后一掷，五个骰子真的全是"六"，满船惊讶不已。

我心知此乃天意，但仍婉言相劝："若是你我注定能成好事，何必仓促在此一时，事缓则圆，忙中出错，不如卿卿先回，我们徐徐图之。"

小宛无奈，掩面痛哭，与我作别。我虽万般怜惜，却也只得如此；且得以独自归乡，未尝没有一点如释重负之感。

今江苏泰州

冒襄老家在如皋

待我回到海陵，便是县试的日子，考完回家，已经到六月了。

我妻告诉我："董姬的父亲来访，说女儿自回苏州，闭门不出，持斋茹素，心心念念等着与你同赴南京。我闻言讶异，送他路费，说'我已知令爱心意，很是感动，还请静候些时日，等郎君乡试之后，便可徐徐图之'。"

此时，我既感激我妻宽容雅量，又感念小宛深情，便不愿仓促派人迎她到南京，觉得未免轻慢唐突。于是独自去南京参加乡试，想着考中后再郑重报答小宛的心意。

谁知八月乡试结束，我才出考场，就在桃叶渡的住处见到了小宛。

原来小宛等不到我的消息，竟然只带着一个年迈仆妇，雇船从苏州到南京。途中遇到劫匪，船躲进芦苇丛才得幸免，船舵损坏，不能前行，甚至有三天粒米未进。这样一直到初八才到三山门，却担心已是乡试第一场，恐怕进城找到我，打扰我的心绪文思，就在城外又等了两天。

今南京水西门，通水路

相见欣喜之余，小宛回想分别近百日，如何闭门不出，持斋茹素，一路行来又遭遇风波盗贼，惊险困顿，

不由得神色凄婉，心意却越发坚决。此事传出，朋友
们无不钦佩感动，纷纷赋诗作画相赠，希冀促成好事。

　　乡试结束，我自命此番必中，想着可以回报小宛
的情意，为她把琐事处理妥当了。谁知两天之后，忽
然得知父亲回来了。原来父亲被调守宝庆，实在倦于　　今湖南邵阳
奔波，索性退休致仕了。
　　这时父子已两年未见，何况父亲自兵火战乱中生
还，一时间我喜出望外，哪里还顾得其他，一路追着
父亲的船到了仪征。父子相见，父亲看了我应试的文　　今江苏仪征
章，也说我此番应当是能中了，便同我留在仪征，等
待发榜。
　　小宛见我离去，也乘船追来，途经燕子矶，遭遇　　南京栖霞区观音
大风，险些翻船罹难，一直追到仪征。　　　　　　　　　门外

　　九月七日，乡试发榜，我只中了副榜，心灰意冷，　　中副榜者不得参
日夜兼程回乡。小宛仍苦苦追随，不肯离去。　　　　　　加会试，但可以
　　　　　　　　　　　　　　　　　　　　　　　　　　　直接参加下届乡
　　然而她在苏州还有诸多琐事，一时半会不能料理　　试
清楚。那些涉事宵小，见她远行归来，越发贪得无厌，
造谣生事，没完没了。我这边父亲才回，自己又科场
失意，定然不能陪她回苏州处理。到了如皋城外朴巢，　　冒家别墅

我只能狠心做出冷面无情的样子，与小宛诀别，让她先回苏州，再作商量。

在镇江
科考中选中本人试卷的阅卷官，称"房师"
广义上即福建
刘履丁，冒襄好友，以诸生任郁林知州,故称"刺史"
见《霍小玉传》
见《无双传》

十月我去了润州拜见房师郑公，恰逢闽中一位刘姓朋友从京城来，与陈将军和刘刺史在船上相聚饮宴。席间有下人从小宛处来，说小宛回苏州后，不肯换下与我相伴时所着裙衫，十月天气里仍披着轻纱，恐怕身体难支。

刘友闻言，便指着我说："辟疆一贯把风骨义气挂在嘴边，怎能如此辜负一个弱女子？"

我叹道："此事难为，须得黄衫客、押衙那样的豪杰才能解困，阁下这样的世外高人是无能为力的。"

刘刺史听了，豪气干云地举杯："给我千金疏通打点，今日就动身为董姬解难。"

陈将军听他这样说，立刻取数百两银借我，刘姓朋友恰好带着几斤人参，也拿了出来。刘刺史随后便带着钱物去往苏州。

谁知他并非擅长调停之人，不仅没化解困局，反而激化事态，只得狼狈离开。而小宛更加困窘，彷徨无助，难以收拾。

那时我又回了如皋，未能及时得到消息。却是好友钱兄谦益听说后，亲自赶到半塘，将小宛接到船上暂避。三日之内，上至乡绅豪门，下至市井百姓，他将相关事宜全部处理妥当，各类票据、文书足有一尺厚。而后在虎疁设宴与小宛压惊相贺，接着雇了条船送她到如皋。

钱谦益，字受之，与吴伟业、龚鼎孳并称"江左三大家"

十一月十五日傍晚，我正在拙存堂陪父亲晚膳，忽然听说小宛的船已到城外。同时接到钱兄来信，将前因后果细细道来，并告诉我他已写信给门生——在礼部任职的张某，为小宛落籍如皋；苏州还有些后续琐事，则由另一位在礼部任职的周生料理收尾，并有其他朋友周旋相助。

如皋冒家巷冒氏宅邸后院正堂

这时距我和小宛重逢，已过去了十个月，我俩的心愿才最终得偿。其间种种波折艰难，全赖众多朋友倾心相助。

今译

二、纪游

沉思往事，虽然枝蔓横生，颇多苦楚，但其中亦有良辰美景，鲜明而难忘。

还记得壬午年春，小宛送我回乡，到北固山下，一心要与我同归，我不肯答应，她伤心地停舟江边，不愿离去。

正巧西方来的友人毕今梁先生寄来一匹西洋夏布，轻盈细薄如蝉翼，洁白光艳如新雪。我让人用褪红衫子做衬里，给小宛裁制了一袭轻衫，她穿上就如传说中绝代佳人张丽华，在桂宫披着仙家霓裳一般。

小宛穿这件衫子与我同登金山。正逢端午，龙舟竞渡，山上游人数千，跟随我俩，都说仿佛看了神仙。我们所到之处，江中龙船也争先恐后而来，环绕不去。一问才知道，驾龙舟的都是前一年秋天我奉母回乡时，

传教士 P.Frances Sambiasi，中文名毕方济，字今梁，意大利那不勒斯人

产自东南亚和印度的白棉布

粉红

南朝陈后主妃子

陈后主为张丽华所建宫殿

护送官船上的船工。我便让人给他们送去酒肉，犒劳
辛苦。

　　游玩一天后回到船中，只见一只大的白色**宣瓷钵**
里盛着樱桃，小宛品尝时樱珠入唇，一时间竟让人分
不清是樱桃还是樱唇。江山美景与佳人相映衬，熠熠
生辉，如诗如画，至今仍传为美谈。

　　那年中秋和小宛在南京时，各路朋友听闻她不顾
风险追随我，都为之感叹。在桃叶渡水阁设宴，席间
作陪的有眉楼顾夫人、寒秀斋李夫人，都与小宛是至
交，为她庆幸欣喜，共相祝贺。

　　那日席间助兴，演的是新剧《燕子笺》，词曲极
尽深情浓意，到悲欢离合之处，小宛不禁落泪，顾、
李二姬也为之泣下。一时间才子佳人，楼台烟水，绕
梁新曲，窥窗明月，真是足以流传千古的良辰美景。
今日回想追思，仿佛一场仙境中的幻梦。

　　吾友**汪汝为**在仪征的庭院园林很出色，尤其是江
边一座小园，江山盛景尽皆纳入园中。还是**壬午年**八
月初一，他请我和小宛到园中梅花亭做客。亭子正在
江口，万里长江白浪滔天，浪花几乎扑打到杯底。饮

宣德年间内府瓷
器

秦淮河两岸人家
所建房舍，供宴
饮游乐

顾横波、李湘真，
均为秦淮名妓

明阮大铖所作

汪士衡，盐商

1642年，即冒、
董重逢的那一年

仪征是运河入江
口

宴中劝酒纷扰，小宛忽然起兴，举大杯一饮而尽，席间"酒政"为之一肃，作陪的诸位歌姬美人纷纷认输，不敢与她对饮。其实小宛性情最是温柔守礼，举杯痛饮的豪情逸兴，我只见过那一回。

1645年，即明亡第二年

后来小宛归我家，乙酉年我护着母亲和家眷到嘉兴，途经苏州半塘，小宛曾经居住的小楼仍在。她昔日的姐妹们乘船来访，只见她得我珍宠呵护，我妻也贤惠明理，与小宛相处融洽，众女无不艳羡。

之后我与小宛同游虎丘，指点曾到之处，回忆往事，感慨不已。苏州城里知悉我与小宛之事的人，也无不称慕。

即勺园，名士吴昌时故园

嘉兴烟雨楼在鸳鸯湖上，往东便是竹亭园，依水而建，半在湖中。而嘉兴城中四面环绕的名园名寺，无不如竹亭园一般将水景用至极致，湖光溪色，幽雅潋滟。只可惜游人只知烟雨楼，以为登楼便已尽览城中景致，却未能真正领略浩渺与清幽并存的水色之美。

在桐庐县，为东汉隐士严光垂钓处

今安徽黄山、绩溪一带

我与小宛曾在嘉兴城里尽兴游玩，又因这湖光水色而追忆钱塘江严陵濑白色山岩间的碧青波浪，小宛更为我描述徽州新安山水之清逸隽永，彼处人家，床头枕畔乃至厨下灶边，举目都是足以入诗入画的美景，实在是人间至乐。

三、纪静敏

当日钱兄谦益送小宛到吾乡如皋时，我正侍奉父亲饮酒，事出突然，不敢让父亲知道。那夜父亲兴致不错，直到四更还未散席。

我妻未及等我回来，便先整理一处偏房安顿小宛，一应帘帐、灯火、家具、器物、饮食、陈设，都立刻准备齐全。

我酒后回来，见到小宛，她说："方到时不知为何未见郎君，只有一群仆妇婢女拥簇着我登岸，心中颇为惴惴，不免疑神疑鬼，暗自惊恐。到了家中，见一切妥当齐整，才略安心。悄悄问旁人，说是夫人为我准备的，实在是感念夫人的贤惠。这一年来矢志不渝追随郎君，实在是值得。"

自此之后，小宛足不出户，洗净铅华，再不碰昔日取乐的管弦乐器，潜心学针线女红，很是享受这般恬淡寂静的生活。她说仿佛骤然跳出万丈火海，来到清凉世界，回首过去五年的风尘生涯，如炼狱中的一场噩梦。

今译

四、纪恭俭

在偏房中住了四个月，小宛已然精通女红，做的针线活儿精致悦目，刺绣华美绚烂，针脚细微得几乎看不出痕迹，至于镂空、抽丝、织金、剪花样……无不擅长，且运针如风，下针如神，众人无不叹服。

这时，我妻带小宛回家，正式进门，母亲见到她很是喜爱，宠眷异于常人。家中其他女眷，都与小宛交好，对她的品性举止称赞有加。

虽得众人爱重，小宛却丝毫不曾自矜，侍奉我母我妻及家中长辈恭敬有礼，不辞劳烦，一应饮食都亲手料理，务必洁净妥帖，又聪慧敏感，特别善解人意。无论严寒酷暑，只要有长辈在座，小宛必定规规矩矩地侍立一旁；有时长辈怜爱，要她入座一同饮食，她温顺入座，略吃一点以回应长辈的心意，便再立刻起身，依旧侍立一旁，无怨无尤。

我有二子，教他们念书时，总是忍不住要动家法。小宛不忍，苦口婆心督促他们修改文章，誊写工整，以免惹我动怒，常常陪两儿做功课直到深夜，不露一点倦容。

在我家九年，小宛对我妻柔顺敬爱，没有一点忤逆。对下人们也非常和气慈善，众人都感念她的温柔贤惠。

我日常应酬的用度，乃至我妻的家用，到后来都交给小宛打理，她一丝不苟，分文不取，从不为自己考虑，于钗环珠宝全不在意。直到弥留之际，小宛最后的心愿也只是再见我母一面，别无所求。还特别叮嘱毋以任何锦绣珠宝为她陪葬，众人闻之，无不感叹绝非寻常女子所能为。

今译

五、纪诗史书画

旧时对唐诗分期为初唐、盛唐、中唐、晚唐

明代高棅选编

南宋计有功编纂假托宋代尤袤撰，真实编者不可考

朱之蕃，字元升，号兰隅，书画家

应该是指朱之蕃选编的《中唐十二家诗集》

今江西南昌

王铎，字觉之，河南孟津人，书画家

今河南灵宝

即"一门四尚书"的许家

一直以来，我有意搜集整理四唐诗，四处搜购集子、搜罗逸事、搜集评论，先按诗人和年份列出提纲，再对各人的集子细细参详挑选，并补充遗失之作，以期汇总出唐诗全貌，传诸后世。

其中初唐和盛唐的脉络还算清晰。到中唐和晚唐，或只知其人，不见诗集传世；或纵有诗集留传，散失甚多；还有更多的是其人其集都湮没无闻，只在《唐诗品汇》所选六百位诗人中大概提及；《唐诗纪事》中虽然提及一千多位诗人，大多只有姓名，没有诗作；《全唐诗话》只提及三百余人，更是不足取。

兰隅先生在《十二唐人》序言中说，豫章有藏书家，收藏了七百多部中晚唐未传世的诗集。

王孟津先生曾告诉我，他向灵宝许家买《全唐诗》，

足足装了几辆车。

还有之前海宁胡孝辕编纂的唐诗全集，没有几千两银子买不下来。

而如皋地方偏僻，无处借书，我那时又闭门不出，没法四方收购书籍，要编纂唐诗就更是费心费力。每每得到一卷半本的，必定细加校勘，与其他书中相关内容印证，并将其他书中所有涉及此人此集的内容摘录出来附在后面；至于涉及的人事、年份，则以《唐书》为佐证考校。最后交付小宛帮我收藏起来。

所以小宛成天帮我翻阅抄写，细心核查，再与我斟酌商量，如此夜以继日，常常是二人相对，埋首古籍，浑然忘却身外之事。小宛聪慧之极，所读诗文领会既准且深，且别具兰心慧眼，能发前人未发的妙论隽语，解读新奇。

她特别喜欢楚辞、少陵、义山，以及王建、花蕊夫人、王珪的三家宫词。起居坐卧，身边堆满书籍，几乎与人等高。床头枕畔，也尽是唐人集子，与我二人同眠。

如今小宛离世，书房尘封，我始终不忍再开；而我们编纂四唐诗集的心愿，不知将来有谁能继承和完成，每念至此，唯有叹息。

胡震亨，字孝辕，编纂《唐音统签》，即为后来《全唐诗》所本

应为《新唐书》，北宋欧阳修、宋祁等编撰

少陵，即杜甫，自号少陵野老
义山，即李商隐，字义山
王建，字仲初，中唐名家
花蕊夫人，五代后蜀国主孟昶慧妃费氏，有诗集传世
王珪，字禹玉，北宋名家

三家宫词，明朝毛晋编《三家宫词》，收王建、花蕊夫人和王珪的七言绝句各一百首

今译

还记得前年我读《东汉》，读到陈仲举、郭、范的生平，不由得拍案而怒。小宛见状，问我为何，听罢先替我发不平之声，又转而作持平公允的议论，精妙非常，几乎就是一部论史大作。

乙酉年举家避难嘉兴，我向当地朋友们借书，读到别致的典故事迹，就让小宛摘录下来。小宛则把其中涉及女子的部分，另外抄录一册。我觉得有趣，回乡后与她翻阅藏书，继续收集此类掌故，编辑成《奁艳》一书。

这实在是一本奇妙的集子，古今中外才女佳人，周身上下，乃至衣裳装束、饮食器具、亭台楼阁、歌舞曲艺、针线女红、才华学识，甚至鸟兽虫鱼、花草树木，但凡涉及女子生活起居、心思情感的内容，都细细记录下来，香艳绮丽，优雅动人。

至今这些笔记仍珍藏在小宛的妆奁中，花笺依旧，字迹宛然。顾夫人曾向小宛借此书，与龚兄鼎孳同阅，二人盛赞之，屡次催我将之付印。待我心绪稍平复，定将忍痛校勘，而后付印，以纪念小宛。

小宛初来我家，见到董文敏公为我写的《月赋》，用钟繇笔意，很是喜欢，着意临摹，多方寻找钟太傅的帖子，潜心学钟体。

后来她看到钟繇所作《戎辂表》，称关帝为"贼将"，便不再学钟体，转而学《曹娥碑》，每天写几千字，沉心静气，全无涂改，书法遂小有成就。

关羽被杀时钟繇所上贺表

汉末著名碑刻，据传原碑为蔡邕手书，现传世为北宋书法家蔡卞所书

我日常读书爱作摘抄，总是小宛执笔，并将之整理成册。不论是诗书历史，或典故笔记，乃至日常偶得的只字片语，她都记得清清楚楚，实在是我的掌中"记事珠"。

传说唐开元宰相张说有一枚"绀珠"，把持时事无巨细都能记起，世称"记事珠"

有时亲友请我写小楷扇面，小宛便为我代笔。我妻掌家务，各种柴米油盐的细碎账目，乃至内外出入、人情往来的记录，都是小宛细心手书，工整清晰，从无错漏。不由得让人感叹：如此细致专心，便是我等自命好学读书之人，也难以企及啊。

小宛在苏州时曾学画，倒是平平，偶尔画小幅枯枝寒树，却也颇有风致，闲暇时很喜欢画两笔。所以她对古今画作特别喜爱，偶尔得到一幅珍品，不管是长卷还是小轴，便爱不释手，反复玩赏体会。

她是真的爱书画成痴，流离奔波时，宁可丢弃衣裳首饰，也要带着这些书画；后来情势危急，不得不把装裱都裁掉携带，最终仍不能保全，遗失殆尽，实在是一场小劫数。

　　　　　　　　　　　　　今译

六、纪茗香花月

小宛酒量很好，因我不胜酒力，便也戒酒，只是在侍奉我妻用餐时陪饮几杯而已。

而论及饮茶，小宛和我是同好，都最爱芥片。每年苏州半塘的茶人顾子兼寄来新茶，一叶一芽都是精选。从洗茶具开始，小宛绝不假手他人，文火细细，轻烟袅袅，小鼎煮活泉好水，总让我忍不住要吟诵左思《娇女诗》中"吹嘘对鼎𬭚"的句子，让小宛忍俊不禁。至于听声辨水、烹茶火候，乃至选用茶具的品位，小宛尤其精通，堪称一绝。

每当花前月下，我俩相对品茶，寂静无须一言，唯有清碧的茶汤，氤氲的茶香，真如古人诗句中所说"木兰含露""碧草临波"，茶中神仙般的享受，写下"分无玉碗捧蛾眉"的坡老想必也会羡慕不已。可叹我这

一生的此种清福艳福，与小宛相伴的九年里，享尽了，
也享完了。

小宛又擅焚香，常与我静坐深闺，把珍藏的名香
一一细品。

各色宫香失于轻佻，沉水香气则略俗。不懂的人
玩香，把沉香直接放在明火上熏，却不知沉香一烧就
灭，弄得油脂弥漫，烟气扑鼻；又不管香气有没有散
发出来，就把烧过的沉香揣进衣袖，随身携带，所带
的无非是些焦烟腥臭的气味。

好的沉香质地坚实而形状齐整，有横纹，称为"横
隔沉"，即四种上品沉香中所谓"革沉横纹"者是也，
香气特别微妙出色。

又有一种"蓬莱香"，是沉香"结而未成"所生，
像是小小的斗笠，或是大棵蘑菇。我也很是喜爱，收
藏了许多。

熏香须极小火，隔以香砂，一定不能生烟，则满
室幽芬，如微风拂过香树，露水浸润蔷薇，又如摩擦
琥珀到微热，或是将烫过的美酒倒入犀角杯，时间一
久，帷幕衾枕都被香气熏染，再混合肌体芬芳，香艳
甜美，无法言喻，真教人魂梦沉溺，不可自拔。

沉香诸品中，入
水即沉的称为
"沉水香"

宫香多为合香，
多种香料调配

明代周嘉胄所作
《香乘》中记载，
四种上品沉香分
别是：角沉黑润、
黄沉黄润、蜡沉
柔韧、革沉横纹

沉香为树脂与木
质成分凝聚结合
而成，所谓"结
而未成"是指结
香在水中或湿润
的环境里，木质
纤维没有炭化和
风化

古人熏香，以石
英砂隔热

今译

多种香料调和成
复合香

1646 年，按史已
是清顺治三年

沉香中遇水不沉
的称为"黄熟"。
一说结香久埋土
中，所谓"土沉"
为黄熟香

又名"占腊"，
中南半岛古国，
在今柬埔寨境内

黄熟香"皮坚而
中腐者，形状如
桶"，故名"黄
熟桶"

又名"夹栈黄熟"，
为上品名香，沉
香入水，半沉半
浮谓之"栈"。"夹
栈黄熟"即是黄
熟香中天然融合
着栈香

具体做法是砍伤
香木，使之分泌
油脂，与木质结
合生成"沉香"，
这种沉香谓之
"生结"

我还有一个合香的方子，是从内府（宫中）传出的真正"西洋香"，绝不是寻常店铺中贩卖的那些。丙戌年我们客居海陵，小宛曾与我一起做了一百多颗，确实是难得的好香，但熏时仍须细心处理，最好不见烟气。只有小宛的细致妥帖，能让此香的妙处散发至极致。

至于黄熟香，出自东南亚诸国，以真腊国所出为最佳。其中外皮坚硬的称为"黄熟桶"，香气优雅而通透，又以黑色的为最好，称为"隔栈黄熟"。

近世南粤东莞茶园村开始有农人种黄熟香，就像江南的茶农种茶，其树矮小，枝叶繁茂，树根处结香。再送到江南一带，由擅长治香的人切割分剖，把朽坏腐烂的木质剔除，呈现出坚实的质地与细腻的光泽。

我和小宛客居苏州半塘时，听闻一位叫金平叔的制香人最擅长此道，重金从他那里买了几块，确实是形状齐整、色泽洁净、质地油润，香脂从树根天然结疤处随着木质纹路溢出，如柔枝虬根，曲折缠绕，又像沉黄色的云锦上暗紫色丝线的刺绣，还夹杂着鹧鸪羽毛一样的斑纹，让人把玩起来无法放下，实在是珍品。

当天气微寒，夜色渐深，我与小宛在斗室中，四

面垂下厚厚的织毯，再放下薄纱轻丝的帷幕，点起两
三支红烛，悉心摆设案几宣炉，错落有致，以温热的
文火烧炭，烧至如融化的金子上出现点点玉色的炭灰，
将之细细拨下堆积，一寸多厚时，铺上香砂，再选一
块好香放在上面加热；到深夜，那块香仿佛半融后凝
结在香砂上，没有一点焦黑，也不会燃尽，纯粹是糖
分凝聚，气息馥郁氤氲而又生机勃勃，虽然温热，却
有寒梅初绽的清气，又有水果的甜香和蜂蜜的浓郁，
于此气息中沉浸，几乎可以参悟大道。

　　回忆那些年与小宛沉醉此种境界氛围，往往通宵
达旦，直至晨钟响起，仍对坐斗室清芬中。遥想世间，
或有如此整夜焚香静坐者，却多为孤零零斜倚熏笼，
于寂寥无聊中拨尽寒灰，不能成眠。相形之下，我二
人就仿佛在众香深处的极乐世界。如今伊人已逝，仿
佛香气消散风中，安得传说中的返魂香一粒，为我将
小宛召回那已幽闭尘封的斗室，重温旧日芬芳。

　　又有一种"生黄香"，也是从香木枯萎伤朽处凝
结香脂而得，只是香脂初结，未能生成熟香。我在白
下留意收了不少，有些是南粤来的商人所携带，通常
都是大块木头，结香被木质覆盖，甚至有整段树根，

宣德炉，明宣德
年间内府制铜香
炉，后代指上品
香炉

南京有卫城名白
下城，后用作南
京别称

积满灰尘，状若土块。我全都不怕麻烦地带回家，和
小宛督促婢女仔细剥拣，常常几斤香木中只能剥出数
钱，或看上去一大块，削出来只有小小一片，很是费事。
我俩就当是早晚间一件雅致的麻烦事儿，抽丝剥茧一
般挑剔寻觅，纤毫都不放过。

得到的生黄香，或焚爇或熏蒸，气味芬芳如兰，
带提梁的多层香盒
盛放在小小的香撞里，色形香气都与寻常香品迥异，
"秀色可餐"，雅堪把玩。

黎遂球，番禺人
我曾给来自粤地的朋友黎美周看过，他不知为何
南朝宋文学家、史学家，《后汉书》作者，还著有《杂香膏方》《和香方》等书，后失传
物，很是惊讶竟如此精致佳妙，只怕范晔也未曾得见。

又听说东莞一带，有一种"女儿香"，为香中绝品。
原来当地采香者都是少女，她们把最大最好的香藏在
身上，偷偷向挑担货郎换脂粉，有心人再从脂粉担子
或为汪汝为
里寻出购得。我曾从一个姓汪的朋友那里得到数块，
小宛珍爱非常。

我家种梅树最多，房前屋后、庭院园林，凡有空地，
皆种梅。每到初春，真是烂漫芬芳的香雪海，早晚出入，
花香满衣。

小宛擅长插花，梅花还未绽放时，她就根据几案
即净瓶，初用作净手，后也做花器
上军持壶的大小位置，选择不同姿态疏密的花枝，剪

插得宜。有时还提前一年就修剪调整，使得绽放时插瓶恰到好处。

不止梅花，一年四季的花草枝叶，她都费尽心思剪插，务必使一枝一朵风致楚楚，恰到好处，只教若有若无的幽香如沾衣细雨般微微浮动，使人忘俗。

至于花道中秾艳丰饶之美，不是小宛所欣赏喜爱的。

到秋日，小宛最爱菊花。去年秋天她已病倒，有朋友送来几株名贵的"剪桃红"，不愧以桃为名的菊花，碧叶如染，繁花似锦，花枝极尽婀娜妖娆，又呈现出烟笼云绕的风姿。小宛那时已卧病三个月，仍淡妆齐整，见此花甚是喜爱，置于病榻旁。晚间精神略好时，让人点起香烛，以白绢屏风将花围住，并在花间设座，调整光影位置，直至参差横斜，如梦如画。然后她身入其中，人在菊花丛，菊花与人又投影在白绢屏风上，小宛回看屏风上的花影人影，对我说："菊花的意态风姿于此已臻极致，但不知人比花瘦，堪入花间吗？"

到今天回想起来，那时情景，还仿佛一卷淡雅的画卷，在眼前徐徐展开。

小宛不仅爱菊，也爱兰。一年四季，先是春兰，而后是蕙兰，接着是建兰，闺中仿佛<u>三湘七泽</u>之地，

三湘，潇湘、蒸湘、沅湘并称三湘，代指湖南
七泽，指湘楚之地的七个大湖

今译

岸芷汀兰，芳韵悠长。

　　所有这些兰花，经小宛亲手插种照料，格外出色。墙上贴着《艺兰十二月歌》，都是她于绿染纸上细手书。去年冬天小宛病倒，疏于照料，兰花也枯萎了大半。

　　还有楼下一株蜡梅，每冬繁花满树，可供三个月剪枝插瓶，但自小宛移居香俪园静养，一树几百枝，整个冬季寂寥荒芜，连花蕾都不发一朵，唯有寒风吹过园中的松枝，徒增凄凉。

　　小宛又爱赏月，常向往身入其中，与月轮一同游历周天。每当夏夜小园乘凉，她总是教孩子们背诵唐人吟咏月亮、萤火虫和团扇的诗句。一只小案，一张卧榻，随着月行天上，不断搬动，以各方领略月色之美。及至夜深回屋，还要推开窗，让月光洒落衾枕间，直到月光移去，她仍卷起窗帘，倚窗遥望。

　　小宛曾对我说："抄写谢希逸的《月赋》，觉得古人往往厌倦晨光下的欢娱，而向往夜间的饮宴游乐。想必是因为夜间时辰格外悠闲，在月光的浸润下特别静逸，碧海青天，冰清玉洁，万物如笼罩着清霜，比起烈日红尘，仿佛仙境。

"可叹世人纷纷攘攘，或有人通宵达旦不得清闲，或有人不等月出便已疲惫沉睡，无福享受月华露影的美景。

　　"而我与君相伴四年，清静安逸，得以尽情领略夜间月下种种美景与幽香，或许在这样的静谧超然中，能有幸悟得禅意，参透仙道呢。"

　　<u>李长吉</u>有诗句"月漉漉，波烟玉"，小宛每念及此，则反复吟咏，低回婉转，仿佛日月光华的精气神韵，尽在这六字之间。而在我眼里，月下的她已身处波光荡漾、美玉生烟的神仙世界，眼波如水，吹气如兰，肌肤如玉，佳人如月，天上的明月，也似眼前的佳人，分明是天上地下钟灵秀气凝聚为一身。这时就觉得<u>贾长江</u>《玩月》诗中<u>"倚影为三"</u>之句未免累赘，而之后"此景亦胡及，而我苦淫耽""不知此夜中，几人同无厌""量知爱月人，身愿化为蟾"等句，才是得了赏月的真髓。

唐代诗人李贺，字长吉

中唐诗人贾岛，著有《长江集》，世称"贾长江"

或为"倚杉为三"之误，《玩月》中有"但爱杉倚月，我倚杉为三"

七、纪饮食

小宛性子淡泊，饮食上不爱肥美浓郁的味道，每餐只用一小壶温热的芥茶淘饭，佐以少许的水蔬、豆豉，便是一餐。

而我饭量小，嗜鲜甜，尤其喜食海味，以及风干熏制的食物。小宛了解我的口味喜好，总为我准备种种佐餐小食，极尽美妙洁净，林林总总，无法一一记下，且选取一二，可见其精心别致。

小宛常将青梅以盐、糖腌制，制成梅卤，再选取初绽的花朵，看色泽、香气和花蕊是否完整，浸入梅卤中腌渍成花露；花朵经年不变，颜色香气都仿佛新摘一般，但汁液精华已融入花露，色泽娇美、芬芳流溢，实在难得。

秋海棠所制花露最为娇艳，人们都说"海棠无香"，且俗名"断肠草"，以为不能食用，偏偏制成花露香气浓郁、芬芳袭人，味道之甜美为众芳之最。其次美妙的是梅花、野蔷薇、玫瑰、丹桂和小甘菊。果品也能如法制成果露，将橙、橘、佛手、香橼等取出果肉，剥去薄皮，摘净丝络，所制果露色泽香气更胜花露。

酒后取出数十种花露果露，盛在白瓷小盏里，颜色鲜明，香气浮动，醒酒解渴，纵然是传说中的金茎仙露，也没有这般美妙。

小宛又常在五六月，将鲜桃和西瓜榨汁，滤尽果肉，不留一丝一穰，再用文火慢煎，收敛到七八分的时候，加糖搅拌，细细炼成果膏：桃膏颜色艳红，如琥珀一般；瓜膏则仿佛宫中秘制的金丝糖。

制作果膏时天气已热，小宛事必躬亲以求洁净，静坐炉边守着火候，只因熬制过程中稍不留神便会焦枯。如此制成的果膏，分不同浓淡，色泽滋味之美，使人称奇。

小宛做豆豉也不同寻常，选料时特别在意颜色和形状，甚于味道。黄豆九洗九晒，做足功夫，配料中的果子都剥去衣膜，摘净筋络，其他配料和酱汁也精挑细选，悉心处理，极尽精洁。如此制成的豆豉，蒸熟后粒粒可数，而香气浓郁，绝非凡品。

　　　　　　　　　　　　今 译

就连做红方腐乳，小宛也不避麻烦，反复烘蒸，到五六次之多，直至酥透，而后剥去外皮，调和味道，几天时间制成的，味道远胜<u>建宁</u>号称三年而成的腐乳。

在今福建三明市

还有冬季和春季腌制的蔬菜，黄色的明艳如蜜蜡，绿色的清幽如青苔。至于蒲芽、莲藕、竹笋、蕨菜，乃至枸杞芽、蒿子秆、豌豆尖、菊花脑，以及四季鲜花、时令野菜，都被她采撷调和，做成菜肴，满席清气芳香。

再说熏腊之味，上好的老火腿油脂尽消，有松柏的气息；年头久的好熏鱼和火腿一样，仿佛珍奇野味；醉蛤娇艳如桃花；酒渍鲟鱼骨肉皆可食，颜色洁白如玉；油浸鲳鱼做得好，味道堪比鲟鱼；精致的虾肉松不絮不散，形状如龙须；野鸡肉和兔肉烘制得法，像点心一样香酥，可以当零食吃；寻常蘑菇料理得好，美味不逊于珍稀鸡枞；豆腐汤做得鲜甜甘美，胜过牛乳……凡此种种，小宛无不细细考究食谱，听说四方亲朋谁家有出色的好菜，立刻拜访求取，却并不拘泥，总是别出心裁地调整变化，使之更为精致绝妙。

八、纪同难

甲申年三月十九日，天下大乱，我乡四月十五日之后，才得知噩耗。主事的官员懦弱，城中官兵失去约束压制，横行无忌，凶恶狰狞如豺狼虎豹，宣称要将此地劫掠一空，放火焚烧；又听闻郡府守军也有哗变溃散之势，一时间如皋的士绅大户惊骇惶恐，纷纷作鸟兽散，前往江南避祸。

1644 年农历三月十九，李自成攻克北京，崇祯帝自缢

我家住集贤里，世代谨慎自守，父亲大人只是紧闭门户，固守而已。这样过了几天，里中上下三十余户人家，仅剩我们一家还在城中。

今名冒家巷

此时我母我妻已避到城外乡下，只留下小宛照料我。小宛把家中的财物、衣裳、书画、文书都按轻重主次分装打包，手书标记，一一封好，有的托付给仆役下人保存，有的放置内室，封闭门窗。

　　　　　　　　　　　　　　　今　译

此时城中不法之徒更加横行，杀人劫掠无所顾忌，左右邻居都已奔逃，难以支应。形势越发危急，眼看我家难以独存自保，我只能匆忙找一条小船，侍奉着父母，拖家带口出逃，冒险从护城河南出澄江门，一夜航行六十里，直到泛湖洲朱姓朋友的一处庄子。

如皋外城南门
在今如皋车马湖一带
一说此人名朱砠

此时江上已盗贼四起，我先微服简装送父亲大人从靖江离开，半夜时父亲忽然想起："此行或需要碎银小钱打点，这时候到哪里置换？"

我问小宛，她拿出一个口袋，里面装满碎银子，从几钱到几分，银子上都有小字标识重量，便于仓促间随手取用。父亲看到后惊讶感叹，说小宛何以如此心思细密，考虑周全。

既逢乱局，诸般费用都比平日贵了十倍不止，仍找不到肯出行的船只人员。耽搁了一天，才用百两银子雇了十艘船，又花百两雇了两百人护卫。船行才几里，就遇上退潮，困在水中，不能再往上游去。

遥望上游江口，有六条贼船，数百强盗据守，成掎角之势，只等我们过去。幸而是退潮时分，他们也无法行驶过来。而朱家又派勇武有力的仆役冒险洑水来报，说后方岸上也有盗贼截断归路，万万不可回返。且雇来的两百护卫中，不少和盗贼有牵连，一时间都骚动起来。随行的仆从无不惊惶呼喊，乃至恐惧哭泣。

我指着江上，对众人笑道："我冒家三代，一百多口人，都在这十条船上。从冒氏先祖定居于此，我祖我父，为官六七十年，守分安居，从无仗势欺人、背信弃义之事。若今日我冒家诸人落入贼手，葬身鱼腹，那真是上无天日，下无公道！

"此番潮水忽然早退，贼船不能进逼，这就是天意不亡我冒家。尔等无须惊恐，别说是区区盗贼，就算船中是敌军乱兵，也不能伤害我等！"

其实前夜收拾行李，登船出逃时，我想到江水浩荡，此行难测，母亲年迈，孩子幼小，从未经历这等艰险奔波，万一遇到风浪，船阻江中，想要弃船登岸，改走陆路，到那时，哪里去找车辆。

想到这里，尽管已是三更时分，我还是拿出二十两银子，嘱托一个姓沈的中人，让他帮我雇两台轿子，一辆车，再找六个人跟随。

深夜十一点到凌晨一点

沈某与其他人都诧异且好笑，劝我道："明早上船，不到中午就能到泛湖洲，何必连夜折腾，此时雇车找人都难，岂非冤枉花钱。"

这样盯着船夫找车夫，听说的人都觉得可笑之极。但我坚持雇车轿在岸上随行。

　　　　　　　　　　　　今译

到船阻江中，前后皆是盗贼，我虽镇定自若，其实进退两难，颇有插翅难逃之感。便问此处可有渡口登岸，另寻道路去泛湖洲。船夫说再往前半里，有小路，距离泛湖洲不过六七里。

我忙令他摇桨前往，悄悄登岸，所雇车轿正好到了，恰恰载着我们一家至亲七口，很快到了朱家庄子。仆役行李都还留在船上。这时众人才知道我一定要"水陆兼备"的苦心。

盗贼们发现我已逃脱，又得知朱家安排了几百人来接应船队，便一哄而散。但他们贼心不死，仗着时局混乱，无法无天，又纠集了几百人，要我送上千金，否则就把朱家庄子围起来放火。

我又冷笑道："尔辈愚不可及，在江上尚且不能截获我家，何况到了人口稠密之地，还想用火攻得逞吗？"

但临时招募的众人，虽说是护卫，也有不少不法之徒。我便拿出身边所有银两，连夜安排酒肉，许以酬金，招待庄子上的住户和护卫们，请他们齐心合力在周边巡视护卫。

又趁着这些人吃喝分钱之际，带着家人连夜出逃。当时我一手扶着母亲，一手牵着妻子，带着两个年幼的儿子；幼弟此时出生不过十天，和他的母亲一起，由一个可信的仆人护着，从庄子后一片竹林中悄悄离开。

当此情形，我实在没法再照应小宛，只能回头叮嘱她："快些跟上，切勿耽搁，略迟就来不及了！"小宛踉跄跟随，走出一里多地，之前雇的车轿才到，一路奔驰，到五更时分回了如皋城。

这时小宛对我说："危急之时，理应先照应父母，然后是妻儿和幼弟，郎君无须顾念我，只要不拖累家人，我便是死在竹林中，也无怨无悔。"

这时到了端午节，我带着家人戒备森严、小心翼翼地与城中不法之徒周旋，直到中秋，才渡江前往南京。在南京滞留五个月，到年底方才归家。此时父亲受命督理漕政，我与家人跟着暂居盐官，这才稍安。回想年来奔逃途中，小宛表现出的深明大义、沉着机敏，岂是寻常酸腐书生能比。

到第二年五月，南京陷落，时局再度崩坏。我想到全家至亲骨肉不过八人，何必再如去年春夏之际，带着大批仆役和笨重行李，几百口人，上十条船，行

冒襄幼弟冒褒，其父侍妾所出

凌晨三点到五点

此时福王朱由崧南京称帝，改元弘光，即历史上的南明

一说冒襄曾被阮大铖构陷入狱

浙江嘉兴海盐县

1645 年

今译

动拖沓缓慢，且招致盗贼觊觎。于是将生死置之度外，以不变应万变，紧闭门户，不再折腾。

渐渐地，盐官城中也骚动起来，杀戮劫掠之事时有发生。毕竟父母年纪大了，恐有惊扰，我便打算护着父母移居盐官城外大白居。让小宛带着下人仆妇守在城中宅子里，这样我好悄悄带着父母妻儿出城，留下仆婢行李，免得拖累生变。不料下人走漏消息，都跟着乱哄哄地出城奔逃。这时大兵逼近嘉兴，又刚刚颁布了剃发令，人心惶恐，纷乱更甚。家中上下也不知所措，父亲决定先避往惹山。我与小宛诀别，道："此番异乡蒙难，举目无亲，前途莫测，与其到危难之时弃你不顾，不如先做安排。我有挚友在此，为人重义守信，足智多谋，便将你托付给他。日后若有幸重聚，我们再续前缘；若不幸就此分隔，你一定照顾好自己，切勿以我为念，耽误了后半生。"

小宛道："郎君所言极是！父命不可违，况且全家性命都倚赖郎君一人，上有父母，下有妻儿，都比我重要百倍；倘因我在身旁，使郎君应对不暇，或有所失，我万死难辞其咎。此番我留下，倘若侥幸保全性命，一定好好地等你回来接我；倘若有什么不测，还记得前日与郎君所看大海，万顷狂澜就是我的

在今海盐县城南乌夜村

1645 年 6 月 15 日，清朝颁布剃发令

在今海盐县澉浦保山村

应为冒襄挚友张明弼，冒家避祸大白居即投靠他

归处。"

诀别之际，反而是父母不忍我留下小宛，定要带她同行。此后一百多天，举家辗转深山老林、人迹罕至之处，所居不是茅屋就是渔船，最长不过一月停留，最短一日之内数次奔逃，风雨饥寒，苦不堪言。最终在马鞍山遭遇大兵，仆从下人尽被屠戮，行李辎重劫掠一空，只余我一家八口逃上一艘小船，在秦溪河上疾驶飞渡，才保全了性命。

在今海盐县通元与六里交界处

海盐县南，又名咸塘河

生死之际，小宛相随，想是受尽了人世间奔波惊恐之苦了。

今译

九、纪侍药

秦溪河遭逢兵匪，我家只有至亲八人得以幸免，仆从下人二十多口都被杀害，平生积蓄的衣裳财物和珍玩收藏尽数丢失。危局稍缓，我先潜回盐官城，向亲友告急求助。夜间投靠方姓长辈，方家之前也出逃在外，刚刚回来，兄弟三人和我裹着唯一的一床毡毯取暖。此时已是深秋，寒风吹进破窗，我们四人就这样在小偏房里挤了一夜。

第二天我先出门向亲友求借了一点柴米，这才将父母家人接回自家宅子，勉强安顿下来。谁知我染上伤寒，随后发作疟疾，躺在一块临时卸下的白木门板上，围着破烂的棉絮，缺医少药，困窘不堪；又听说江南已然溃乱，亲朋罹难的消息不断传来，火上浇油；到重阳节，我已时时昏迷，拖到冬至，奄奄一息。而此时盐官城中也不可再留，只能等我精神略好时，和家人乘一条小破船，从杀戮狼藉中冒险渡江逃走，却还不敢回如皋，先到海陵暂避。折腾到第二年春，前后一百五十多天，我才开始痊愈。

这一百五十多天，小宛就在我榻旁铺一张破席子，寸步不离地守候，冷时抱紧取暖，热了拂拭扇风，疼痛之处摩挲缓解，或让我枕在她身上，或将我的双足暖在怀中；至于翻身、起卧，全赖她扶持，将自己作了被褥靠枕，给我支撑病体。长夜漫漫，寂静无人，唯有她护在我身边，时时警醒，没有片刻安歇。汤药饭食，都是她一口口喂给我，且不避污秽，擦拭清理，仔细察视净桶，以便知悉我身体状况，或喜或忧，日日向天叩首祈祷。

至于小宛自己，每日只一顿粗食果腹，片刻不离我身边，软语温存，殷殷抚慰，唯愿我能得片刻舒缓。只因我病中性情大变，时时暴躁发怒，怨怼愤恨都发泄到她身上；而她整整五个多月，没有一句怨言、半点懈怠，熬得脸色蜡黄，瘦骨支离。

母亲和我妻怜惜小宛照料辛苦，想要替换一下，她坚决不肯，说："只求尽我的全部心力，报答郎君。若郎君无恙，我死而无憾。倘若郎君有什么不测，我怎能独自存活于这乱世之中呢？"

　　尤其记得盐官城里最乱时，每天几十上百人被杀，也正是我病得最重的时候。家中其他人不堪饥寒惊恐，入夜便昏睡过去；而我整夜惊醒，听着狂风吹过断壁残垣，扫落砖块瓦片，风中仿佛有万千冤魂厉鬼，嘈嘈切切，哀哀不已，如漫天飞虫，万重飞箭，破窗而入，萦绕在我身边。这时只有小宛陪我醒着，将我揽在怀中，心口紧紧贴着我的后背，又牢牢握住我的手，与我一同侧耳倾听，为这长夜和悲风而慨叹。

　　小宛便在我耳边低语："郎君收留我整整四年，您平日所作所为我都看在眼里，实在是慷慨仗义、疾恶如仇的奇男子，纵然有些事一时无从对人剖白，我却是看得明明白白，真的爱您这份坦荡敞亮的赤子之心，胜过爱您的容颜身体。您这样的人，世人或有所不知，但苍天可鉴，鬼神可知，必定暗中护佑您周全。

　　"此时我们虽身处逆境，遭逢不可想象的惨痛艰险，仿佛尝尽世间苦楚；但越是这样的经历，越是如火炼真金，淬炼人的心性，唯有最纯粹坚强者得以生存。来日我们渡过此劫，定能将一切身外事视若浮云，真正领会到逍遥物外的快乐。到那个时候，还请郎君不要忘了妾身此时此刻这一番话啊。"

听得此言，我真不知此生此世，何以为报。

到丁亥年，我遭遇谗言构陷，积毁销骨，百口莫辩。长夏酷热，心情沉重郁结，无以排遣，只能将肺腑之言写在纸上，早晚于关帝像前焚烧祷告，以求自明于鬼神。

或指清廷有意延揽冒襄，惹得物议纷纷之事

1647 年，此时已是清顺治四年

如此许久，拖成重病，便血不止，肠胃中结块遍布，硬结如石，不计其数。寒热大作，交替折磨，有时胡言乱语，滔滔不绝，昏聩不自知；有时几天几夜，人事不省。偏偏又遇到庸医，滥用补药，病势更重，二十多天水米不能进，都说我此番病势凶险，恐怕不能活下来；而我自己心里很是清楚，我这是病从心生，不是外感风邪所致。

又是小宛顶着酷暑悉心照料我，烈日炎炎，她不是守在煎药的炉火边，就是守在我的病床旁，整日整夜挥汗如雨，蚊叮虫咬全不在意，顺着我的心意百般呵护照料，直到我转危为安。

到了己丑年秋天，我背生痈疽，之前的病症再次发作，又病了一百多天，仍然是小宛悉心照料，才渐渐好转。

1649 年，清顺治六年

前后五年，我三次重病垂危，都是九死一生的凶险征候，却三次转危为安，若没有小宛的照料守候，我恐怕是不能死里逃生的。

谁料如今竟是小宛撒手尘寰，先我而死，直到临终诀别之时，她仍牵挂着我的身体，担心我因她离世而病倒，又忧虑我病倒时，再没有人如她一般悉心守候……生生死死，小宛的心思都只牵萦于我一身，这般深情，又是这般痛楚，教我如何承受！

十、纪谶

　　每年正月初一，我必定在关帝庙求一签，以占卜这一年的吉凶大事。壬午年科考，我一心功名，求签时虔诚祷告，而后求得了一个"忆"字签，签文是："忆昔兰房分半钗，如今忽把信音乖。痴心指望成连理，到底谁知事不谐。"

1642 年

　　我琢磨这签文，不得其解，怎么看也不像和功名有什么关系。

　　后来遇到小宛，一路相送。分别后回到苏州，她持斋茹素，然后到虎疁的关帝庙前诚心求签，唯愿与我相伴终身，得到的恰巧也是这支"忆"字签。

　　那年秋天，我们在南京重逢，小宛将此签告知，担心签文不吉。我很是惊讶，说起自己正月初一时求得的是同一支签。当时有朋友在旁，闻言道："我去

　　　　　　　　　　今译

西华门为你二人再求一次。"结果抽到的仍是这支签。

小宛越发不安，见我也觉得签文不祥，闷闷不乐，更增忧虑，好在最终我俩还是心愿得成。

如今回想签文，"兰房半钗""痴心连理"，分明说的就是我和小宛之事，而"到底不谐"的预言，如今竟也应验了。一支"忆"字签，恰恰预示了我此后人生，年年岁岁只在对小宛的追忆中度过，真是让人慨叹啊。

1648 年，清顺治
五年

臂钏，又名跳脱

逃难途中，小宛的衣裳首饰尽数丢失，但她生性淡泊，归来后不再添置。唯有戊子年七夕，小宛看到天上霞光绮丽，忽然起兴，想要云霞样式的金跳脱，让我写"乞巧"二字，镌刻其上。我笑说再有两个字和"乞巧"对上才好，仓促间想不出合适的。小宛道：

宣炉鎏金在炉口
的，称为"覆祥
云"

"曾在黄山某处豪宅，见过一只覆祥云的真宣炉，精妙绝伦，不如以'覆祥'对'乞巧'，如何？"

我依言写下四个字，让金匠刻在钏子上，很是别致。一年之后，这只金钏忽然断了，正好又是七月，重新打造时我就改写了"比翼连理"四个字刻上。

小宛临终前，全身没有一点金银珠玉，也不着绫罗绸缎，唯有这只金钏始终戴在臂上，只因上面有我写的这四个字。而我却为此悔恨不已，原来这四个字出自《长恨歌》，是<u>太真</u>死后的芳魂让洪都道士带话杨贵妃号"太真"给唐明皇时所言，当时不假思索，随意写下，谁知一语成谶，真的是"此恨绵绵无绝期"了。

小宛书法秀丽妩媚，起初学钟太傅，稍嫌纤弱，后来临摹《曹娥碑》，我但凡点校书籍，她都帮我抄写记录。到夜深人静时，她最爱燃起好香，细细地抄写诗书，编辑成一卷《闺中诗史》，仍在案头，已成遗迹。

小宛有时也写诗，但从不保存。去年新春，她帮我抄写两卷《全唐五七言绝句》，读到其中七岁女子所作<u>"所嗟人异雁，不作一行归"的诗句</u>，若有所感，武后如意年间，一个七岁女孩所作《送兄》诗潸然泪下，和了八首，词句哀怨，让人不忍卒读。我看到后，很是不快，一把夺过烧掉。

谁知一年之后，恰恰在同一天，小宛辞世，仿佛冥冥中自有注定，为之奈何。

今年春天，我打算再去一趟盐官，拜访当日患难时相助的亲友。到扬州被朋友们强留下来，当时恰逢我四十岁生日，朋友们都写诗祝贺，唯有龚兄鼎孳所

　　　　　　　　　　　今译

诗名《金阊行为
辟疆赋》

唐骆宾王所作

唐元稹所作

作长诗数千字,将小宛的故事细细道来,不输《帝京篇》
和《连昌宫词》。

龚兄让我为此诗作注,说:"辟疆不作注,则我
诗中那些苦心暗指,无人知晓。比如'桃花瘦尽春醒面'
一句,既是说你二人初遇时董姬半醉,又是说重逢时
董姬抱病,不解释清楚,谁能领会?"

我当时答应了,却一直没有动笔。

那天还有其他朋友所作诗句,也多提及小宛,为
我庆幸得到如此佳人。谁知明明是为我生日所作的诗
句,如今读来,却仿佛都是吊唁小宛的辞章。或许后
世有人,读到这些诗句,再看我这篇文字,便知诸友
人所言极是,小宛确如他们描摹的那般美好。而去年
春天,我没有为龚兄的长诗作注,莫非是天意让我在
今日和着血泪思念细细写下吗?

赵而忻,字友沂

吴绮,字园次

杜濬,字于皇,
曾点评《影梅庵
忆语》

年少男仆称"奚
奴"

三月末时,我搬到赵兄友沂的友云轩小住,离乡
已久,又逢阴雨天气,很是牵挂家中。到傍晚时,天
气转晴,龚兄和吴兄园次、杜兄于皇来陪我饮酒,席
间听小奚奴弹曲,使我思家之心更切。

那天我们四人作诗,不知为何,诗句都颇为哀切
悲伤。三更后散席,我才躺下,就梦见回到家中,家
人都在,唯独不见小宛。忙问我妻,我妻默默不语,

我便四处找寻，却又看见我妻背着我落下泪来。我在梦中喊道："小宛已不在了吗？"痛彻肺腑，忽然惊醒。

因为小宛每年春天必然病倒，我心中惊疑不已，立刻赶回家中，却见小宛安然无恙。便把梦中情形说与她，她惊讶道："真是奇了，那夜我也梦见数人要带我离去，我躲了起来，幸而未被发现，他们仍扰攘不已，使人心惊。"

谁知这却也是不祥之兆，梦境诗句都仿佛暗示，我与小宛的缘分终于还是尽了。

尾声

1651 年，即顺治八年辛卯，正月初二，董小宛去世，终年二十七岁，这一年，冒襄四十一岁。

也正是在这一年，他写下了《影梅庵忆语》。

于是小宛就永远地活在了那三百多年前，几千字的文章里，温柔、美丽、沉静、机敏、坚韧、忠贞、心灵手巧、才气纵横……而在此之后，冒襄的人生呢？

就在小宛去世后的第二年，是个大荒年，冒家赈济灾民，随后疫病横行，冒襄病危。这一次，再没有小宛悉心照料扶持，他又一次"自分必死"，却也又一次死里逃生。

第三年，冒襄四十三岁，他的长子冒禾书，次子冒丹书，就是小宛曾经督促读书做功课的那两个孩子，纷纷进学、娶妻。之后，他的父亲冒起宗去世。

又过了五年，冒襄四十八岁这一年，他的第一个
孙子冒溥出生。同一年，他的至交好友陈贞慧之子陈
维崧来到冒家，冒襄对他多方照顾扶持。

与冒襄同为"明
末四公子"

事实上，明亡之后，冒襄就开始收留抚养亡故亲
友的家属和遗孤，当年诗酒唱和的友人纷纷凋敝，冒
襄渐渐成为新一代士人才子的"精神领袖"，而他后
来居住的水绘园，也成为某种"精神家园"般的存在，
诗会、酒会、讲学、饮宴不断，名士高人往来不绝。

当然，在小宛之后，也有其他的女子陪伴在冒襄
身边，如吴氏、蔡氏、金氏、张氏，从她们去世后冒
襄写下的诗文来看，她们也都美貌、有才而痴情。但
如《影梅庵忆语》里那样的深情和追忆，却是再也不
曾有过。

名晓珠
名含
名扣扣

时光流逝，到了康熙十一年，冒襄的正室苏氏去
世，这时冒襄已经六十二岁，是一个老人了。

1672 年

四年后，他的母亲太恭人马氏去世。又过了一年，
冒家从如皋搬到苏州，这时冒家已经开始败落，不复
当年的盛况了。

尽管如此，康熙十八年，开博学鸿词科，到这
时，家国之痛已渐渐平复，他的一些老友纷纷赴试，
六十九岁的冒襄仍然坚辞不赴，安守着晚年的清贫与

今译

节操。

离奇的是，之后的康熙十九年，冒襄七十岁时，有人入户行刺，幸而仆人与儿孙辈保护，冒襄无恙。但估计他怎么也不会想到，这次行刺，却在许多年后，衍生出关于小宛生死的离奇传奇。

之后冒襄的人生仍然清贫而不失快乐和安逸，七十二岁时，他的"小友"陈维崧去世，他为之痛哭；七十五岁时，得到一份珍贵的《兰亭帖》拓本，他欣喜不已；到七十八岁时，秋日病中，他还让仆人们收集了几百株菊花，呼朋唤友，饮酒赋诗，得诗一百多首。

想必这两个孩子一个生在春天，一个生在秋天

到康熙二十九年，冒襄八十岁时，他的曾孙冒八春、冒八秋出生，冒家四世同堂，晚景安乐。

1693 年

就这样，康熙三十二年，十二月五日，冒襄去世，终年八十三岁。

这一年，距离小宛去世，冒襄写下《影梅庵忆语》，已经过去了四十二年。

《影梅庵忆语》人物谱系关系图

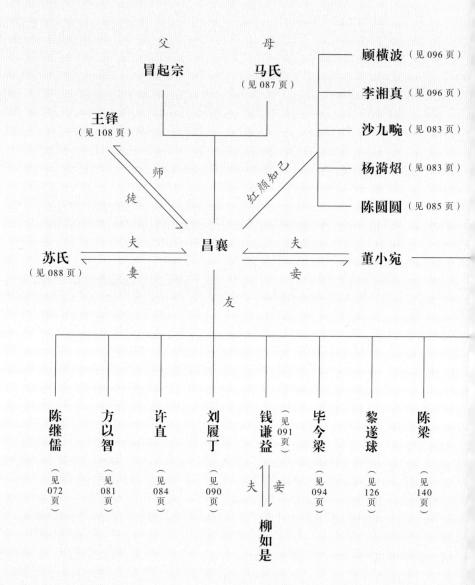

父　冒起宗　母　马氏（见 087 页）

顾横波（见 096 页）

李湘真（见 096 页）

沙九畹（见 083 页）

杨漪炤（见 083 页）

陈圆圆（见 085 页）

王铎（见 108 页）

师　徒

红颜知己

苏氏（见 088 页）　夫　昌襄　妻

夫　妾　董小宛

友

陈继儒（见 072 页）

方以智（见 081 页）

许直（见 084 页）

刘履丁（见 090 页）

钱谦益（见 091 页）　夫　妾　柳如是

毕今梁（见 094 页）

黎遂球（见 126 页）

陈梁（见 140 页）

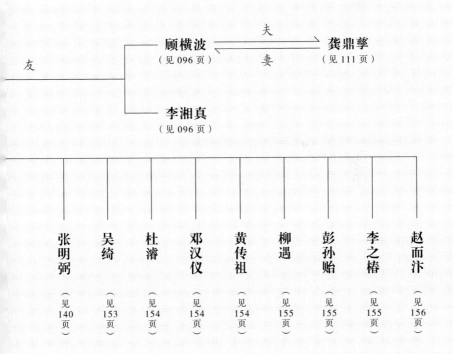

友

顾横波
（见 096 页）

夫
妻

龚鼎孳
（见 111 页）

李湘真
（见 096 页）

张明弼
（见
140
页）

吴绮
（见
153
页）

杜濬
（见
154
页）

邓汉仪
（见
154
页）

黄传祖
（见
154
页）

柳遇
（见
155
页）

彭孙贻
（见
155
页）

李之椿
（见
155
页）

赵而汴
（见
156
页）

影梅庵忆语·原文 & 注解

以道光世楷堂藏版《昭代丛书》本为底本，参考近现代近十种版本重新点校。

序

　　爱生于暱（"昵"的异体字，亲近），暱则无所不饰。缘饰著爱，天下鲜有真可爱者矣。矧（shěn，况且，何况）内室深屏，贮光阗（tián，充满）彩，止凭雕心镂质之文人描摹想象，麻姑幻谱[①]，神女浪传[②]。近好事复假篆声诗，侈谭奇合，遂使西施、夷光[③]、文君、洪度[④]，人人閤（gé，室内，特指女子卧室）中有之。此亦闺秀之奇冤，而噉（"啖"的异体字，引申为"贪"）名之恶习已。

　　亡妾董氏，原名白，字小宛，复字青莲。籍秦淮，徙吴门。在风尘虽有艳名，非其本色。倾盖矢从余，入吾门，智慧才识，种种始露。凡九年，上下内外大小，无忤无间。其佐余著书肥遯[⑤]（"遁"的本字，"肥遁"指避世隐居），佐余妇精女红，亲操井臼。以及蒙难遘（gòu，逢，遇）疾，莫不履险如夷，茹荼若饴，合为一人。今忽死，余不知姬死余死也！

但见余妇茕茕^{qióng}（无依无靠状）粥粥（无措状），视左右手罔措也。上下内外大小之人，咸悲酸楚痛，以为不可复得也。传其慧心隐行，闻者叹者，莫不谓文人义士难与争俦^{chóu}（同类）也。

余业为《哀辞》⑥数千言哭之，格于声韵不尽悉，复约略纪其概。每冥痛沉思，姬之一生与偕姬九年光景，一齐涌心塞眼，虽有吞鸟梦花⑦之心手，莫能追述。区区泪笔，枯涩黯削，不能自传其爱，何有于饰？矧姬之事余，始终本末，不缘狎昵。

余年已四十，须眉如戟。十五年前，眉公先生⑧谓余"视锦半臂碧纱笼，一笑睦若"⑨。岂今复效轻薄子漫谱情艳，以欺地下。倘信余之深者，因余以知姬之果异，赐之鸿文丽藻（辞藻，华丽的文字），余得藉手报姬，姬死无恨，余生无根。

①麻姑幻谱：

中国古代关于女仙"麻姑"的传说很多，比较权威和主流的说法，出自东晋葛洪的《神仙传》。（大概是因为葛洪本人后来也被尊为神仙，使人觉得他的说法较可信吧。）

在《神仙传》里，麻姑只是惊鸿一瞥地人间一游，并未特别交代关于她的具体事项，后世所有关于她的传说，都是从中生发的"二次创作"，且不乏穿凿附会。

具体来说，她是一个看上去十八九岁的美丽女子，"顶中作髻"（盘了个丸子头），"余发垂至腰"（还是个半丸子），衣裳装饰光彩耀目（很符合年轻女子的喜好），特别提到"鸟爪"，指甲留得很长（想必也做了美甲）。在座的一位客人看到后，非常不敬地想：若是这双手为自己抓痒，岂非很舒服。不料请麻姑做客的主人察觉了他的歪心思，将他打了一顿（也确实该打）。

尽管容貌年轻美丽，麻姑的言谈却很是沧桑，自述"已见东海三为桑田。向到蓬莱，水又浅于往昔，会时略半也，岂将复还为陵陆乎？"。"沧海桑田"一词即出自此处。

而麻姑的言谈，也十分符合人们对于神仙的想象，如此悠然地论及亿万年世事变迁，出自一个容貌不到二十岁的姑娘之口，实在令人倾倒。

然而，中国文化中最可爱的一点在于，对一切形而上的虚无之事做现实有利的解读。麻姑既然三次目睹沧海桑田的演变，那么想必十分长寿，于是，她最终成为中国古代女性版的"寿星"或者"寿仙"（男性版为传说活了八百岁的彭祖，和麻姑相比显然很不够看），并衍生出她以白灵芝酿酒，为西王母贺寿的传说。"麻姑献寿"，也就成为一个著名的庆生典故和画作主题。

②神女浪传：

中国古代"神女"很多，但冠以"浪传"二字，且与男女之情相关联，那么大概率指的是巫山神女。

巫山神女的神格也很古老，传说为赤帝（南方天帝，一说即神农氏）之女，名为"瑶姬"，未嫁而死，葬于巫山之阳（山南水北为阳），精魂依于草木，遂化身为神。

屈原的高徒宋玉写《高唐赋》，说楚襄王梦到巫山神女，一夕欢好，神女自称"旦为朝云，暮为行雨，朝朝暮暮，阳台之下"。——这里的"阳台"是巫山的别名"阳台山"。成语"朝云暮雨"即出自此处。

神女与人间君王的露水情缘，在古代传说中并不罕见（说实话我并没有想明白楚襄王这个人有什么值得神女特别垂青的，难道是因为长得特别好看？）而朝云暮雨的故事之所以得到后世文人的喜爱，被反复引用，还是因为宋玉写得特别美而缥缈，又带着淡淡的惆怅。

而后世的普通老百姓，再次发挥实用主义，将神女"改造"为西王母的第二十三女，辅佐大禹治水，并斩杀巫山十二妖龙。于是游戏人间，朝云暮雨的神女，就变成了造福人间、斩龙治水的女神，个中变化，也挺有意思的。

③西施、夷光：

西施不用说，大家都知道。一说西施本名"施夷光"，此处并列，或是作者笔误，又或者当时有西施、夷光为两人的说法。

事实上，和西施并列的美女应为"修明"，成书于晋的《拾遗记》记载："越又有美女二人，一名夷光，一名修明，以贡于吴。"所以后世的《馆娃宫赋》有"左携修明，右抚夷光"之说。

而在民间传说里，"修明"又名"郑旦"，与西施同入吴宫，不得宠，郁郁而终。至今在诸暨郑旦故里，还有郑旦亭纪念之。

④文君、洪度：

文君也不必细说了，大才子司马相如的夫人卓文君，史上美貌才女的代言人。

"洪度"指的是唐代蜀地的传奇女子薛涛，字洪度，也是才华容貌出众的佳人，与当时许多诗人，如白居易、元稹、刘禹锡、杜牧等人都有诗作唱和（或许还有感情纠葛）。有个"唐代四大才女"的排名，她和鱼玄机、李冶、刘采春并列；又有一个"蜀中四大才女"的排名，她和卓文君都在其中，与花蕊夫人及黄娥并列。

⑤肥遁：

意为隐退，语出《易经》。

"遁"是易经的第三十三卦，《易·遁》曰：上九，肥遁，无不利。

后人解释为这是"遁"的最优解，所以说"肥遁"，取宽裕无顾虑，后世便以"肥遁"指归隐。

⑥《哀辞》：

指小宛去世后，冒襄所作《亡妾秦淮董氏小宛哀辞》，四言长文，与《影梅庵忆语》相比，又是另一番感慨与情怀。附录在后，有兴趣的朋友可以看一看。

⑦吞鸟梦花：

这里用的是"罗含吞鸟""马融梦花"的典故，指天赋非同寻常的文学才华，所谓"老天爷赏饭吃"。

"罗含吞鸟"故事里的罗含是东晋思想家和大才子，真正上通天文下晓地理，还是中国山水散文的开先河者。《晋书》记载他少年时曾梦见一只五彩斑斓的小鸟飞进嘴里，被他吞下，从此写文章就开了窍，越写越好。

"马融梦花"的主角马融，是东晋著名学者、才子，据说还是个帅哥。唐代曾有一本叫《独异志》的志怪小说集（后散佚），记载他年轻时"梦见一林，花如锦绣，摘花食之"，醒来后学问大长，才华横溢。

此外还有一个"梦笔生花"的故事，主角原本是南朝梁的一个叫"纪少瑜"的文人，说他年少时梦到神仙送了他一支笔，从此写文章落笔生花。

估计因为这位纪先生实在太不出名了，后来这个故事就被安到了李白头上，并且把"生花"形象化，说是神仙送李白一支笔，笔尖上开出一朵花，从此他就诗文动天下了。

总之，不管主角是谁，这两个典故都是形容非凡的文学才华。

⑧眉公先生：

即陈继儒，字仲醇，号眉公，晚明著名隐士、书画家、文学家。

此公二十九岁时，不知为何忽然大彻大悟，把自己的儒生衣冠都烧掉，隐居小昆山，绝意仕途。之后的一生确实就是琴棋书画诗酒花，非常让人羡慕（虽然也有人批评嘲讽他绝意仕途却与达官显贵周旋，但我觉得人总归是要吃饭和社交的嘛，能够想得通透且坚持悠然度过一生，总归是值得欣赏和钦佩的）。与江南一带的名士过从甚密，所以在当时的诗文和笔记小说中，时时有此公出镜。

⑨"视锦半臂碧纱笼，一笑瞠若"：

这是冒襄引陈眉公对自己的一句评价，个人觉得值得探讨一下。

对这句话通行的解释是：（陈眉公先生说我）不管是对"锦半臂"还是"碧纱笼"，都一笑置之，不以为意。

"半臂"是古代一种衣物，大致相当于半袖开衫，在这种解释里，认为"锦半臂"代指艳妆女子。

"碧纱笼"用的是唐朝曾任宰相的王播的典故，指世间功名。（王播年少时，寄宿某寺庙，寺中僧人嫌弃他贫寒，故意错过饭点敲钟，不让他蹭饭，王播愤然在寺庙墙上题诗。后来他功成名就，故地重游，发现当年题在寺庙墙上的诗，被僧人们珍重地罩上碧纱，十分感慨，又写了一首诗：上堂已了各西东，惭愧阇黎饭后钟。三十年来尘扑面，如今始得碧纱笼。）

而冒襄对"锦半臂"和"碧纱笼"都"一笑瞠若"，并不十分放在心上。

但我个人对这句的理解却不同，我总觉得是陈眉公取笑（或许还带点钦羡）冒襄年少时容貌俊美，而冒只能骇笑。

首先，这一句接的是前面"余年已四十，须眉如戟"，说的是容貌问题，大意是自己已经变成胡子拉碴的大叔了。后面再说十五年前如何如何，同样应该是在容貌上做文章。

而晚明风气就对男子的容貌十分在意，冒襄年轻时又确实姿容出色（后文中他自己也颇为得意地提及）。况且"半臂"这种衣服也不是女子专用，晚明江南民风奢靡，男子着"锦半臂"实在没什么稀罕。

所以我觉得"视锦半臂碧纱笼"可能是朋友间的一句调笑，后人已经无法复原当时情景，只能大概想象——

或是说冒辟疆着"锦半臂"时风姿卓绝，让人稀罕得恨不能"碧纱笼"；

或是说他风流自喜，对华美衣物珍爱（引申为对自己姿容的自负）；

也有可能是说他年少风流，看见"锦半臂"（艳妆美人）就走不动道，恨不能以碧纱笼之。

甚至也有可能真的他曾在某处偶尔留下锦半臂，被人（也没准就是眉公先生）"碧纱笼"。

且后半句"一笑瞠若"，"瞠若"也可以作"睁大眼睛"解，可能并不是"一笑置之"，而是被朋友取笑无可奈何只能"瞠眼"。

当然，这只是我个人的猜想，聊备一格。

无论如何，冒襄作为本书的男主角，无论是家世、才华、名声还是姿容，都还是很能打的，这一点还请读者稍微留意一下。

原文 & 注解

一、纪遇

己卯（1639年）初夏，应试白门（南京）。晤密之[①]，云："秦淮佳丽，近有双成[②]，年甚绮，才色为一时之冠。"余访之，则以厌薄纷华，挈家去金阊（苏州）矣。

嗣下第，浪遊（"游"的异体字，"浪游"，指漫游，四方游荡）吴门（苏州），屡访之半塘，时逗留洞庭不返。名与姬颉颃（不相上下）者，有沙九畹、杨漪炤[③]，予日遊两生[④]间，独悒尺不见姬。

将归棹（船桨，代指船），重往冀一见。姬母秀且贤，劳余曰："君来数矣，予女幸在舍，薄醉未醒，然稍停复他出。"从兔径（小路、曲径）扶姬于曲栏与余晤。面晕浅春，缬（红晕）眼流视，香姿玉色，神韵天然，嬾（"懒"的异体字）慢不交一语。余惊爱之，惜其倦，遂别归，此良晤之始也。时姬年十六。

庚辰（1640年）夏，留滞影园[⑤]，欲过访姬。客从吴门来，知姬去西子湖，兼往遊黄山、白岳[⑥]。遂不果行。

辛巳（1641年）早春，余省觐去衡岳[⑦]，繇（yóu）（由，从，自）浙路往。过半塘，讯姬，则仍滞黄山。许忠节公[⑧]赴粤任，与余联舟行。偶一日赴饮归，谓余曰："此中有陈姬[⑨]某，擅梨园之胜，不可不见。"

余佐忠节治舟数往返，始得之。其人澹而韵，盈盈冉冉，衣椒茧时背顾湘裙[⑩]，真如孤鸾之在烟雾。是日演弋腔[⑪]《红梅》[⑫]，以燕俗之剧，咿呀啁哳（yī zhāo zhā）（"啁哳"，形容声音细碎杂乱）之调。乃出之陈姬身口，如云出岫，如珠在盘，令人欲仙欲死。漏下四鼓，风雨忽作，必欲驾小舟去。余牵衣订再晤，答云："光福（苏州光福镇龟山）梅花如冷云万顷，子能越旦偕我遊否，则有半月淹也。"余迫省觐，告以不敢迟留故。复云："南岳归棹，当迟子于虎疁（苏州东南浒墅关）丛桂间。"盖计其期，八月返也。

余别去，恰以观涛日（八月十八钱塘观潮）奉母回。至西湖，因家君调已破之襄阳[⑬]，心绪如焚。便讯陈姬，则已为窦、霍豪家[⑭]掠去。闻之惨然。

及抵阊门，水涩舟胶，去浒关十五里，皆充斥不可行。偶晤一友，语次有"佳人难再得"[⑮]之叹。友云："子悮（wù）（"误"的异体字）矣，前以势劫去者，赝某也。某之匿处，去此甚迩，与子偕往。"

至，果得见，又如芳兰之在幽谷也。相视而笑曰："子至矣，子非雨夜舟中订芳约者耶？曩（nǎng）（以往，以前）感子殷勤，以凌遽不获订再晤。今几入虎口，得脱，重晤子，真天幸也。我居甚僻，复长斋，茗椀（"碗"的异体字）炉香，留子倾倒于明月桂影之下，且有所商。"余以老母在舟，缘江楚（南方为"楚"，即江南）多梗，率健儿百余护行，皆住河干，矍矍（jué 仓皇忧虑）欲返。

甫黄昏，而砲（"炮"的异体字）械震耳，击礟（pào "炮"的异体字）声如在余舟傍（páng 旁边，侧边），亟星驰回，则中贵（宦官，或皇帝宠爱的近臣）争驰河道，与我兵斗，解之始去。自此余不复登岸。

越旦，则姬淡妆至，求谒吾母太恭人⑯，见后，重坚订过其家。

乃是晚，舟仍中梗。乘月一往相见，卒然曰："余此身脱樊笼，欲择人事之。终身可托者，无出君右。适见太恭人，如覆春云，如饫（yù 饱尝）甘露，真得所天，子毋辞。"余笑曰："天下无此易易事。且严亲在兵火，我归，当弃妻子以殉。两过子，皆路梗中无聊闲步耳。子言突至，余甚讶，即果尔，亦塞耳坚谢，无徒悮子。"

复宛转云："君傥（tǎng 同"倘"）不终弃，誓待君堂上画锦（富贵还乡）旋（凯旋）。"余答云："若尔，当与子约。"惊喜申嘱，语絮絮不悉记，即席作八绝句付之⑰。

归历秋冬，奔驰万状。至壬午（1642年）仲春，都门（京城）政府（朝廷）言路（负责监谏的言官机构，如都察院、六科给事中等）诸公，恤劳臣之劳，怜独子之苦，驰量移（贬谪或远调官员回迁离京较近之地，称"量移"）之耗，先报余。

时正在毗陵（常州），闻音如石去心，因便过吴门（苏州）慰陈姬。盖残冬屡趣，余皆未及答。至则十日前复为窦、霍门下客以势逼去。

先，吴门有媲（ní 狎昵，亲近）之者（应当是指邹枢或贡若甫，皆与陈关系亲密），集千人哗劫之。势家复为大言挟诈，又不惜数千金为贿，地方恐贻伊戚（烦恼、忧患），劫出复纳入。余至，怅惘无极，然以急严亲患难，负一女子，无憾也。

是晚壹郁（沉郁不畅），因与友人觅舟去虎嗥夜游。明日，遣人之襄阳，便解维（解索，意即开船）归里。舟过一桥，见小楼立水边，偶询友人："此何处？何人之居？"友以"双成馆"对。余三年积念，不禁狂喜，即停舟相访。友阻云："彼前亦为势家所惊，危病十有八日。母死，镢（jué 锁闭）户不见客。"

余强之上，叩门至再三，始启户，灯火阒如（"阒如"，空荡寂静的样子）。宛转登楼，则药饵满几榻，姬呻吟询何来，余告以昔年曲栏醉晤人。姬忆泪下，曰："曩君屡过余，虽仅一见，余母恒背称君奇秀，为余惜不共君盘桓。今三年矣。余母新死，见君忆母，言犹在耳。今从何处来？"便强起，揭帷帐审视余，且移镫（dēng 此处同"灯"）留坐榻上。谭（同"谈"）有顷，余怜姬病，愿辞去。牵留之曰："我十有八日寝食俱废，沈沈（chén 同"沉沉"）若梦，惊魂不安。今一见君，便觉神怡气王（wàng 通"旺"）。"旋命其家具酒食，饮榻前。姬辄进酒，屡别屡留，不使去。余告之曰："明早遣人去襄阳，告家君量移喜耗，若宿卿处，诘旦（清晨）不敢报平安。俟（等待）发使行，宁少停半刻也。"姬曰："子诚殊异，不敢留。"遂别。

越旦，楚使（襄阳在湖北，故称"楚使"）行，余急欲还。友人及仆从咸云："姬昨仅一倚（一霎身，形容时间短），盖拳切不可负。"仍往言别。至则姬已妆成，凭楼凝睇。见余舟登岸，便疾趋登舟。余具述，即欲行。姬曰："我装已戒（准备），随路祖送（践行、送别）。"

余却不得却，阻不忍阻。由浒关至梁溪（今无锡）、毗陵（今常州）、阳羡（今宜兴）、澄江（今江阴），抵北固（镇江北固山，与焦山、金山并称"京口三山"）。阅二十七日凡二十七辞，姬惟坚以身从。登金山誓江流曰："妾此身如江水东下，断不复返吴门。"余变色拒绝，告以期逼科试，年来以大人滞危疆，家事委弃，老母定省俱违，今始归经理一切。且姬吴门责逋（"责逋"意为"索债"）甚众，金陵落籍，亦费商量。仍归吴门，俟季夏应试，相约同赴金陵。秋试毕，第与否，始暇及此。此时缠绵，两妨无益。

姬仍踌躇不肯行。时五木（古代博具，一套五枚骰子）在几，一友戏云："卿果终如愿，当一掷得巧（五个骰子全部掷出'六'为'巧'）。"姬肃拜于船窗，祝毕，一掷得全六，时同舟称异。余谓："果属天成，仓卒不臧，反债（破坏）乃事。不如暂去，徐图之。"不得已，始掩面痛哭失声而别。余虽怜姬，然得轻身归，如释重负。

才抵海陵（今泰州），旋就试，至六月抵家。荆人^⑱（谦称自己的妻子）对余云："姬令其父先已过江来，云姬返吴门，茹素不出，惟翘首听金陵偕行之约。闻言心异，以十金遣其父去。曰，我已怜其意而许之，但令静俟，毕场事后，无不可耳。"

余感荆人相成相许之雅，遂不践走使迎姬之约，竟赴金陵，俟场后报姬。桂月（八月）三五（十五日）之晨，余方出闱，姬猝到桃叶寓馆（在秦淮河桃叶渡，近贡院）。盖望余耗不至，孤身挈一姬，买舟自吴门江行，遇盗，舟匿芦苇中，柁（此处同"舵"）损不可行，炊烟遂断三日。初八抵三山门（今南京水西门），又恐扰余首场文思，复迟二日始入。

姬见余虽甚喜，细述别后百日，茹素杜门与江行风波盗贼惊魂状，则声色俱凄，求归逾固。时魏塘、云间、闽、豫诸同社^⑲，无不高姬之识，悯姬之诚，咸为赋诗作画以坚之。

场事既竣，余妄意必第，自谓此后当料理姬事，以报其志，讵十七日忽传家君舟抵江干（今杭州江干区），盖不赴宝庆（今湖南邵阳）之调，自楚休致（辞官退休）矣。时已二载违养，冒兵火生还，喜出望外，遂不及为姬商去留，竟从龙潭（在今南京栖霞区）尾家君舟抵銮江（江苏仪征占称）。

家君阅余文，谓余必第，复留之銮江候榜。姬从桃叶寓馆仍发舟追余，燕子矶（栖霞观音门外）阻风，复几罹不测，重盘桓

　　　　　　　　　　　　　原文＆注解

銮江舟中。

七日乃榜发，余中副车，穷日夜力归里门，而姬痛哭相随，不肯返。且细悉姬吴门诸事，非一手足力所能了，责逋者见其远来，益多奢望，众口狺狺（犬吠声，比喻嘈吵不休）。且严亲甫归，余复下第意阻，万难即谐。舟抵郭外朴巢[20]，遂冷面铁心，与姬诀别，仍令姬归吴门，以厌责逋之意，而后事可为也。

阳月（十月）过润州（今镇江市润州区），谒房师（科考中选中本人试卷的阅卷官，称房师）郑公。时闽中刘大行[21]自都门来，与陈大将军及同盟刘刺史[22]饮舟中。适奴子自姬处来，云："姬归不脱去时衣，此时尚方空（方空纱，古代一种薄纱）在体。谓余不速往图之，彼甘冻死。"

刘大行指余曰："辟疆夙称风义，固如是负一女子耶？"余云："黄衫押衙，非君平、仙客所能自为。"[23]刺史举杯奋袂曰："若以千金恣我出入，即于今日往。"陈大将军立贷数百金，大行以葠（shēn，"参"的异体字，人参）数觔（jīn，"斤"的异体字）佐之。

讵（jù，岂、怎）谓刺史至吴门，不善调停，众哗决裂，逸去吴江（在苏州东南）。余复还里，不及讯。姬孤身维谷，难以收拾。

虞山宗伯[24]闻之，亲至半塘，纳姬舟中。上至荐绅（"荐"通"搢"，"搢绅"指士大夫），下及市井，纤悉大小，三日为之区画立尽，索券盈尺。楼船张宴，与姬饯于虎嚺，旋买舟送至吾皋（冒家在如皋）。

至月（十一月）之望（十五日），薄暮侍家君饮于拙存堂（冒宅正厅），忽传姬抵河干。接宗伯书，娓娓洒洒，始悉其状。且即驰书贵门生张祠部（明代礼部下设祠部），立为落籍。吴门后有细琐，则周仪部（明代礼部下设仪部）终之，而南中（指南京政府部门）则李总宪（明代都察院左都御史称总宪，这里应该是对都察院官员的尊称）旧为礼垣（礼部）者与力焉。

越十月，愿始毕。然往返葛藤（比喻纠缠不清的关系事端），则万斛心血所灌注而成也。

①密之：

 方以智，字密之，安徽桐城人，曾祖父方学渐是著名学者，"桐城派"的领袖，人称"明善先生"。

 方以智和陈贞慧、冒辟疆、侯朝宗（就是《桃花扇》的男主侯方域）并称"明末四公子"（这里必须说一下，其实他们四人，最早是"复社四公子"或"金陵四公子"，还是比较小范围的F4，后来也许因为当世并没有可以与他们比肩的男团，以及四人在明末清初表现确实出色，所以就被传为"明末F4"了），自然是家世、才华、名气、容貌一样都不缺。而在四人之中，方以智的特点是，他是一个科学家（果然人如其名）。

据说他在天文、地理、物理和医学方面都有贡献。具体内容我就不展开说了，大概说来，他是接受"地圆说"的，提出过光不走直线，对于声音的传播也考察过，还介绍过人体骨骼的知识（听起来真是让人肃然起敬啊）。

这里我想岔开来说一句。看这类笔记小说，有一点特别打动我，那就是在其中出现的人物，对我们而言，他们的生平已经"盖棺定论"，而在文中却还是"进行时"；我们已经知道了他们的结局，而文中的他们却还一无所知。

就像这里的方以智，我已经知道，明亡之后，他几经磨难，不堕节气，坚持抗清，越挫越勇，最艰难时化名卖药为生，直至出家为僧，最终死于江西万安惶恐滩——就是文天祥写下千古名句"留取丹心照汗青"的那个惶恐滩。

在这里，我们看到的，却还是一个年轻多情又爱玩且好事的方以智，认识了一个美人，就急急忙忙地告诉自己的好朋友，为冒辟疆与董小宛的爱情故事，不经意地牵起了第一缕红线。

而眼前这个偶然出场，有点轻佻的年轻人，与日后那个坚韧、忠诚、刚烈的殉国者重叠在一起，历史也就有了更鲜活的风貌和更丰富的维度。

②双成：

传说西王母有侍女名为"董双成"，这里代指董小宛，因为她们同姓。

白居易《长恨歌》中有一句"金阙西厢叩玉扃，转教小玉报双成"，可见"双成"比较常用来指代仙家婢女。最早的出处已不可考，至唐代已经基本定型：仙家婢女，擅长吹笙，于汉武帝时惊鸿一现。李白就写过："仙女下，董双成，汉殿夜凉吹玉笙。"

有趣的是，在董双成这个幻想人物身上，充分体现了后世文人的八卦精神，不知怎的，就把她和汉武帝时的大才子东方朔联系到了一起。

究其原因，大概是因为《博物志》记载，汉武帝见西王母时，东方朔在窗外偷看，西王母指着他说："此儿三偷桃矣。"

西王母的蟠桃那可是太有名了，东方朔何德何能，不仅能偷，还偷了三回。大家琢磨，这肯定得有内应啊，而西王母身边最有名的侍女董双成，就成为"内应"的重点怀疑对象。

真心说，这实在牵强，而且很是无礼，但又有那么一点浪漫味道，投合了文人们不可名状的小心思。甚至衍生出这样的传说：宋绍兴年间有位叫董元行的道士，在西湖望仙桥附近挖到一块铜牌，上面写着"我有蟠桃树，千年一生成。是谁来窃去，须问董双成"。

③沙九畹、杨漪炤：

沙这个姓比较少见，当时名妓中有沙嫩、沙才姐妹，沙嫩字宛在，沙才之字不可考，不知这里的"沙九畹"与沙家姐妹有何关系。

杨漪炤也是与冒襄交好的名妓，冒襄曾写过《灯下看漪炤画兰》：幽人赋兰心，才子生花笔。天意宠深闺，舌香秀女逸。云烟澹垂暮，宝奁栽刀瑟。泓颖具精良，寒香倾夜室。偶然发佳兴，洒墨春芽苗。落毫毫复停，缓散舒叶一。一叶气韵全，天机百端溢。俯仰送馀姿，含吮芳情暱。萧艾黜灵腕，清芬辞蜂蜜。画成凝睇久，横波传意密。细字写湘名，小茧留胶漆，珍玩结同心，宝灯浮瑞霭。

诗句清雅中透着不可言说的亲密香艳，可见其人不俗，与冒襄的关系也非同寻常。

④两生：

指沙九畹和杨漪炤。

"某某生"是当时对名妓的尊称，如秦淮第一美人王月，就常常被写作"王月生"。

⑤影园：

扬州名园，为名士郑元勋的私家园林，由造园名家计成设计监造，计成写了《园冶》一书，是中国第一部园林艺术专著，影园的精彩可想而知。

影园之名出自当时书画名家董其昌，据说是因为园中柳影、水影、山影掩映成趣，董亲手书写"影园"相赠。

主人郑元勋，字超宗，祖上是盐商，本人为崇祯十六年进士，工诗善画，亦是复社成员，与冒襄交好（文中多次提及，冒襄文集中也时时见诗书相赠）。明亡后李自成部将高杰逼犯扬州，郑与高杰有旧，调停未成，因为误会而被扬州市民围殴致死。

⑥知姬去西子湖，兼往遊黄山、白岳：

白岳指安徽休宁齐云山，与黄山齐名。

董小宛此次出游，是应钱谦益之邀，与之同行。

携妓出游，是当时名士风雅，至于钱和董的关系，倒也不必深究。众所周知，后来钱谦益娶的是与董小宛齐名（甚至名声更大）的柳如是，而董小宛归冒襄。

知道这一段前情，再看后文中钱谦益为董小宛脱籍出钱出力，就比较合情合理了。

⑦余省覲去衡岳：

冒襄的父亲冒起宗，为崇祯元年进士，当时任衡永兵备道（"兵备道"是在重要区域负责地方军务的，相当于现在的军区副司令），所以冒襄省亲去湖南衡阳。

⑧许忠节公：

许直，字若鲁，如皋人（冒襄的同乡），崇祯七年进士，曾任广东惠来县令，所以这里写他"赴粤任"。

在这段文字中，他扮演的角色与前面的方以智相似，也是一个亲密而有些轻佻的朋友，为冒襄和陈圆圆牵了红线。

而明亡之后，许直刚烈不屈，自尽殉国，谥号"忠节"，因此这里称之为"许忠节公"。

⑨陈姬：

即著名的陈圆圆。原姓邢，随养母改姓陈，名沅，字圆圆，一字畹芳，与马湘兰、卞玉京、李香君、董小宛、寇白门、柳如是、顾横波并称"秦淮八艳"。后为崇祯田贵妃之父田弘遇所得，有传说田曾将其献与崇祯，但此说不甚可信。至于吴三桂在田府对陈圆圆一见倾心，而后北京城破，陈为李自成部将刘宗敏所得，吴"冲冠一怒为红颜"，引清兵入关，则为小说家言，也不可全信。

但无论如何，陈确实归了吴三桂，在云南平西王府中生活了一段时间，后出家，布衣蔬食，礼佛终老。

与钱谦益、龚鼎孳并称"江左三大家"的吴伟业曾作长诗《圆圆曲》，状圆圆生平，感怀沧桑，但诗中倒是略去了陈与冒襄的这一段。冒襄晚年与人说起这段旧情，也颇多讳言，说是因为陈"已得大名"，他就不再蹭热度了。

⑩椒茧时背顾湘裙：

"椒茧"是山东一带的一种特色绸子，据说蚕食椒叶吐丝织成，因此色泽微微发灰，而质地柔韧。

"时背"即时兴的褙子，褙子是一种常服，形制为直领对襟窄袖衫（也有宽袖褙子，多作礼服），长过膝，两侧开到胯下，男子多着于内，女子则作为日常外搭。

"顾湘裙"指顾绣的湘裙。

顾绣是明嘉靖年间兴起的绣品，为松江一带名门顾氏家中女眷所出。因为顾家有名园"露香园"，所以顾绣又称"露香园顾绣"。真品顾绣极为珍贵，应该不会用来做裙子，这里应当指的是当时绣坊仿制之作。

湘裙指多幅拼成的"大摆裙"，一般为六幅，有"裙拖六幅湘江水"之说，故名"湘裙"。

⑪弋腔：

一种传统戏曲声腔，起源于江西弋阳，与余姚腔、海盐腔和昆山腔，并称为"中国四大戏曲古腔"，影响深远，后来的京剧对其也有所传承。

弋腔又被称为"高腔"，刚健质朴，字多音少，酣畅淋漓，而且伴奏也主要是打击乐器，少用管弦，所以被认为比较山野和粗俗，不那么高雅，冒襄在这里形容为"咿呀啁哳"。

⑫《红梅》：

即《红梅记》，明代戏曲家周朝俊（字仪玉，一作夷玉）所作。讲的是南宋权臣贾似道之妾李慧娘爱慕书生裴禹，被贾杀害，其魂魄救助裴禹，并帮他娶得佳人的故事。后世京剧《李慧娘》即从此剧脱胎而来。

《红梅记》在明代是相当热门的流行剧目，有记载曰"每宴客，诸伶莫不唱《红梅记》，其为世盛传若此"，冒大公子想必也嫌弃它过于热门，吐槽曰"燕俗之剧"。

⑬已破之襄阳：

崇祯十四年（1641），张献忠攻破襄阳，这时朝廷调冒父起宗为襄阳监军。

⑭窦、霍豪家：

窦、霍都是西汉豪门，权势极大，这里用来代指劫走陈圆圆的"势家"田弘遇。

窦指的是窦婴，汉文帝窦皇后子侄，景帝时拜大将军，"七国之乱"后封魏其侯，权倾一时。后与景帝王皇后外戚武安侯田蚡相争失势，又多怨望忤逆之言，被武帝下令斩首。

霍指的是霍光，霍去病异母弟，汉武帝临终时指为大司马、大将军，辅佐年幼的昭帝，昭帝驾崩后立昌邑王刘贺，二十七日后废之，另立宣帝，其女霍成君为宣帝皇后，其权势煊赫如此。却在霍光死后，举家被诛。

冒襄这里用窦霍这两个骄横而不得善终的外戚来指代田家，也是表明了一种态度。

田弘遇，名豌，字弘遇，其女为崇祯贵妃，有宠，田因此权倾一时，曾任游击将军、锦衣卫指挥，后封左都督，明亡后不知所终。

⑮佳人难再得：

语出西汉《李延年歌》，作者是当时著名乐师李延年。

歌曰——

"北方有佳人，绝世而独立。

"一顾倾人城，再顾倾人国。

"宁不知倾城与倾国，佳人难再得。"

汉武帝闻之，求此佳人，李延年献其妹，就是后来著名的李夫人。

陈圆圆后归平西王吴三桂，甚至传说田弘遇曾把她献给崇祯，所以冒襄以为失去她后，以这句诗抒发惆怅，倒是十分贴切，也很有点"一语成谶"。

⑯太恭人：

明清四品官员之妻之母，称"恭人"，冒父起宗官至山东按察副使，正四品，其妻马氏（也就是冒襄的母亲）封恭人。

　　　　　　　　　　　原文 & 注解

"太恭人"则是冒襄对自己母亲的尊称。

⑰即席作八绝句付之：

冒襄此夜写给陈圆圆的八首绝句，后来他自己选了四首，题为《戏作艳诗》，收入诗集，另四首不存。

其一：

潇湘一幅小庭收，菡苕香馀暮色幽。细细白云生枕簟，梦圆今夜不知秋。

其二：

秋水波迴春月姿，澹然远岫学双眉。清微妙气轻嘘吸，谷里幽兰许独知。

其三：

纤纤弱质病逾娇，嗔喜情深暗自挑。漫着青衫倦梳洗，澹烟疏雨或堪描。

其四：

本是莲华国里人，为怜并蒂谪风尘。长斋绣佛心如水，真色难空明镜身。

说到这里有点感慨，从冒襄的文中看，陈圆圆对他很是倾心，而他写下这八首诗的时候，也正是浓情蜜意。之后两人劳燕分飞，也可以算是一生的遗憾了。但收进诗集，却题为《戏作艳诗》，固然是冒襄后来比较讳言与陈的一段，但"人去茶凉"之感，还是让人难免小小地为佳人不值。

⑱荆人：

冒襄妻苏氏，名元芳（一说"元贞"），中书舍人（内阁中书科，掌写诰敕、诏书、银册、铁券等，设有中书舍人职，相当于朝廷文秘）苏文韩第三女，能书善画。

苏氏生年不详，康熙十一年（1672）去世，这一年冒襄六十二岁。

⑲魏塘、云间、闽、豫诸同社：

这里就需要说一下明末文人才子们结社的情形了。

明代科举制度完善，文人之间结社之风日盛，一方面切磋文章，另一方面彼此声援造势，也就是搭建人脉关系、培植声望，到明朝后期政治腐败，阉党得势，此类文社就更多了一种占据道德制高点，集结舆论势力对抗阉党的意义。

结社之风于江浙一带尤盛，著名的复社就是集合了当时三十多个大小文社，如这里提到的魏塘七子社、云间几社、豫章名社等。而冒辟疆就是复社的活跃分子，事实上，他与陈贞慧、侯朝宗、方以智齐名，最早是被称为"复社四公子"的。

当然，这些文社的意义价值、是非功过，论起来是一本专著的内容，这里就不多说了。我想说的是，即使其中难免龙蛇混杂，即使有沽名钓誉的嫌疑，于国家社稷所发挥的作用也有限，但其中仍然有一种难得的、既青春敞亮又恣肆快意的光芒，那种意气挥洒，那种自在与自信，在我们这个民族的历史中，是极为难得和耀眼的一笔。

⑳朴巢：

在冒襄的老家如皋，冒家可以算是第一世家，冒家老宅占了大半个集贤街，后来就叫冒家巷。但在这样的豪宅里住着，有时候人就想返璞归真一下，大观园里不也搞了个稻香村嘛。

冒襄就在如皋城南龙游河泊潮湾修了个别墅，而且是间"树屋"。湾里有一棵古树（今已不存），据说非常大，姿态优美，冒襄就着树的长势建了两层的木屋，茅草覆顶，扶梯曲折，自称仿效古人树上结巢的遗风，所以将之命名为"朴巢"。

㉑刘大行：

一般都认为是一个名叫"刘大行"的人，但冒襄写文一向好用冷梗，鸿胪寺古称"大行令"，所以也有可能是一个在礼部或者鸿胪寺当差的刘姓朋友。

原文 & 注解

㉒同盟刘刺史：

这个"同盟刘刺史"，以及前文的"陈大将军"是什么人，很是费了一番考究。

刘刺史应当指刘履丁，字仲渔。崇祯九年（1636），冒辟疆曾与刘履丁、张明弼、吕兆龙、陈梁四人在顾横波（秦淮八艳之一，与董小宛齐名，后归江左三大家之一的龚鼎孳）的眉楼结盟，是为"五子同盟"。

至于"刘刺史"，刘履丁曾以诸生应召辟（相当于走后门作为国家特殊引进人才），挂职郁林州（今广西玉林）知州，知州古称刺史，可能"同盟刘刺史"是大家和他开玩笑的叫法。

冒辟疆这里没有点出他的名字，有两种可能：一种是彼此关系太好太熟悉，不假思索地直接写外号；还有一种可能是后面写到，"刘刺史"虽然自告奋勇，但并没有解决董小宛的麻烦，反而激化了矛盾，所以为朋友掩饰一下，就不点名了。

既然"同盟刘刺史"是个外号，指的是刘履丁，那么我怀疑这个考证不出是哪门子将军的"陈将军"，也许指的是同盟的另一位弟兄，海盐人陈梁（字则梁，海盐名士，明末死于兵乱）。——这只是猜测，聊备一格。

㉓"黄衫押衙，非君平、仙客所能自为。"：

这里是用唐传奇《霍小玉传》《柳氏传》和《无双传》的故事。

《霍小玉传》讲的是霍王小女与书生李益相恋，后李益负心，一黄衫侠客挟持李益于霍小玉床前一见。

《柳氏传》是诗人韩翊（字君平）与柳氏几经曲折结成良缘的故事。

《无双传》写刘无双与王仙客相恋，后刘家败落，无双没入宫闱，一位姓古的押衙（仪仗官名）舍生相助，有情人终成眷属的故事。

值得注意的是，为什么前面两位侠客，一出自《霍小玉传》、一出自《无双传》，后面两位男主，却一出自《柳氏传》，一出自《无双传》呢？大概是因为《霍小玉传》里的李生为负心人，结局也很悲惨，冒襄话到嘴边，觉得不能把自己和其人相提并论，于是临时换了男主。

㉔虞山宗伯：

钱谦益，字受之，号牧斋，人称"虞山先生"。钱曾为礼部侍郎（南明弘光朝为礼部尚书），世称礼部尚书为"大宗伯"，礼部侍郎为"少宗伯"，所以冒襄称之为"虞山宗伯"。

钱谦益与吴伟业和龚鼎孳并称"江左三大家"，也算是一时文坛盟主，还是东林党领袖，其才华人望自然可观，所以才会以五十九岁的高龄，迎娶"秦淮八艳"之一的柳如是，传为佳话。

从本文的记载来看，钱确实颇有魅力。废柴男主冒襄手足无措之事，却被他弹指之间轻松地解决了，倒是能理解绝代佳人柳如是为何倾心了。

明亡后，钱的表现却让人略无语，他先是依附南明弘光朝，后降清。著名的"水太凉"的段子就是说他：柳如是劝钱一起投水殉国，钱伸手试了试，说"水太凉，不能入"，并拖住了打算甩下他自行投水的柳如是。

顺治三年，钱为礼部侍郎，参与修订《明史》。这时他又开始心怀旧朝，暗中与复明力量勾结，终至入狱，幸得柳如是多方奔走搭救。后隐居，郁郁而终，清史将之载入《贰臣传》。

当然，我觉得必须说句公道话，山河破碎之际，固然有如方以智、许忠节这样慷慨赴死的豪杰之辈，也有如冒襄这样义不仕清的高洁之士，而钱只是个普通人，家大业大，贪生怕死——事实上，如果他真的是像吴三桂、洪承畴那样彻底把节操抛到脑后的人，也不会在渡过生死难关之后，又懊悔反复起来，终至首鼠两端，为世人笑。虽然钱不值得称许，也不是完全不能理解。

而我总觉得，我们读书，尤其是读史，有时候是需要有一点这样的宽容、理解与同情的。

二、纪遊

　　壬午（1642年）清和（四月）晦日（每月最后一天），姬送余至北固山下，坚欲从渡江归里，余辞之力，益哀切不肯行。舟泊江边，时西先生毕今梁[①]寄余夏西洋布（东南亚和印度产的白棉布）一端，薄如蝉纱，洁比雪艳。以退红（粉红，又作"褪红"）为里，为姬制轻衫，不减张丽华桂宫霓裳[②]也。

　　偕登金山，时四五龙舟冲波激荡而上，山中遊人数千尾余两人，指为神仙。绕山而行，凡我两人所止，则龙舟争赴，回环数匝不去。呼询之，则驾舟者皆余去秋浙回官舫长年（长工，泛指雇佣期长且相对固定的劳工）也，劳以鹅酒。

　　竟日返舟，舟中宣磁[③]大白盂，盛樱珠数升，共啖之，不辨其为樱为唇也。江山人物之盛，照映一时，至今谭（同"谈"）者侈美。

　　秦淮中秋日，四方同社诸友（冒所属诸多文社成员）感姬为余不辞盗贼风波之险，间关（艰辛辗转）相从，因置酒桃叶水阁④。时在坐为眉楼顾夫人⑤、寒秀斋李夫人⑥，皆与姬为至戚，美其属余，咸来相庆。是日新演《燕子笺》⑦，曲尽情艳，至霍、华离合处，姬泣下，顾、李亦泣下。一时才子佳人，楼台烟水，新声明月，俱足千古。至今思之，不异游仙枕上梦幻也。

銮江汪汝为⑧，园亭极盛，而江上小园，尤收拾江山胜概。壬午鞠月（八月）之朔（初一），汝为曾延余及姬于江口梅花亭子上。长江白浪拥象，奔赴杯底。姬轰饮巨叵罗（敞口浅酒杯），觞政（酒政、酒令、席间饮酒秩序）明肃。一时在坐诸妓，皆颓唐溃逸。姬最温谨，是日豪情逸致，则余仅见。

乙酉（1645 年，即明亡第二年），余奉母及家眷流寓盐官（浙江嘉兴海盐县），春过半塘，则姬之旧寓固宛然在也。姬有妹晓生同沙九畹登舟过访，见姬为余如意珠，而荆人贤淑，相视复如水乳，群美之，群妒之。

同上虎丘，与余指点旧游，重理前事。吴门知姬者，咸称其俊识，得所归云。

鸳鸯湖（嘉兴南湖与西南湖并称鸳鸯湖）上，烟雨楼（在嘉兴南湖湖心岛）高，逶迤而东则竹亭（竹亭湖墅，属晚明名宦吴昌时在嘉兴南湖所建勺园），园半在湖内。然环城四面，名园胜寺，夹浅渚层溪而潋滟者，皆湖也。游人一登烟雨楼，遂谓已尽其胜，不知浩瀚幽渺之致，正不在此。

与姬曾为竟日游，又共追忆钱塘江下桐君（浙江桐庐县桐君山）严濑（严陵濑，在桐庐县南，相传为东汉名士严光隐居垂钓处），碧浪苍岩之胜。姬更云："新安（安徽黄山、绩溪一带）山水之逸，在人枕竈（zào "灶"的繁体字）间，尤足乐也。"

①毕今梁：

　　这是一位国际友人，值得好好介绍一下。

　　原名是 P.Frances Sambiasi（读作 "P. 弗朗西斯·萨比亚希"），中文名是毕方济，字今梁，意大利人，耶稣会传教士（从中文名来看应该是方济各会），1610 年来到中国，与徐光启、孙元化等人交好，并协助当时的学者翻译了许多科学著作，包括著名的《几何原本》。

　　明亡后，毕在南方的几个小政权中都有活动，还曾被南明永历帝封为

"国师"，死于广州，葬于该地。

传教之余，毕和当时的名士交流甚深，"四公子"中热爱科学的方以智就曾向他求教。无行文人阮大铖还曾有诗相赠——

若士乘桴自沃洲，十年日月共中流。

书经雷电字长在，手摘星辰较不休。

闲御鹏风观海运，默调龟息与天游。

知君冥悟玄元旨，象外筌蹄亦可求。

②张丽华桂宫霓裳：

这里用的是南朝后主陈叔宝的宠妃张丽华的故事。

陈后主在光昭殿为张丽华布置了一处桂宫，据说圆门如月，水晶为障，院子里雪白素净，空无一物，只有正中种着一棵桂树。——所以说陈后主虽然昏庸荒唐，但审美真的是好啊，难怪能作《玉树后庭花》。

而史书记载张丽华姿容艳丽，好华服，穿着华丽的霓裳，在雪洞一样的桂宫中，不就像冒襄为董小宛设计的这件衫子吗——里面是娇艳的粉红，外面罩着雪白的夏布。感叹一下，冒襄也不愧是让陈圆圆、董小宛都倾心的贵公子，也确实是审美好，会讨女孩子欢心。

③宣磁：

即"宣瓷"，也就是宣德瓷。

明宣德年间为中国古代陶瓷生产的一个高峰，所以宣德瓷就成为高端优质瓷器的代表。其中宣德白瓷，即人们常说的"甜白瓷"，也非常出色而名贵。

④桃叶水阁：

明代大玩家兼小文人的张岱，有一篇《秦淮河房》，写道："秦淮河河房，便寓、便交际、便淫冶，房值甚贵而寓之者无虚日。画船箫鼓，去去来来，周折其间。河房之外，家有露台，朱栏绮疏，竹帘纱幔。夏月浴罢，露台杂坐。两岸水楼中，茉莉风起动儿女香甚。"说的就是这种"水阁"。

⑤眉楼顾夫人：

"秦淮八艳"之一的顾横波，原名顾媚，后改名顾眉，字眉生，号横波。

名列"秦淮八艳"，自然是色艺双绝，尤其擅唱，时人推为"南曲第一"，而且个性很是豪爽不羁，所居眉楼，经常高朋满座，可算是著名的文艺沙龙。

顾后归江左三大家之一的龚鼎孳，和柳如是的命运相仿。明亡龚投井殉国，被救起后便降了清朝，一直做到礼部尚书。礼部尚书之妻可以封为"一品夫人"，龚的正室董氏声称自己已受过明朝的诰命，不再接受清廷所封，于是顾横波就顶了这个诰命，封为一品夫人。

按说，这可以算是江南一众美人中归宿最好的一位了，但节气有亏，白璧有瑕，还是让人忍不住为之喟叹。

⑥寒秀斋李夫人：

李湘真，字雪衣，自号"十贞"，人称李十娘或李十生。也有说"秦淮八艳"中马湘兰较之其他人年长一辈，所以应该不在其中，应该是李湘真名列八艳。

李和顾横波一样，很擅长组织派对和沙龙，所以她的居所寒秀斋，也是当时一个著名的文艺地标。

冒襄和李交情匪浅，每次到南京乡试，都长时间地盘桓于寒秀斋。很多年后，回想往事，冒还写下诗句——

寒秀斋深远黛楼，十年酬卧此芳游。

媚行烟视花难想，艳坐香熏月亦愁。

朱雀销魂迷岁祀，青溪绝代尽荒丘。

名赢薄幸忘前梦，何处从君说起头。

但李的归宿没有明确记载，我们也就不得而知了。

⑦《燕子笺》：

阮大铖所作传奇剧本，写唐代名士霍都梁和名妓华行云、尚书千金郦飞云的曲折爱情故事，所以下文有"至霍、华离合处，姬泣下，顾、李亦泣下"之说。

这里得说说阮大铖了，这是一个十分复杂的人物，历史上"才华很高，人品很差"的代表。

阮大铖字集之，号圆海，原为东林党人，后来依附阉党，这就让人很不齿了。阉党倒台后，他重新向东林党靠拢，被严拒，且人人喊打。于是明亡后，阮在南明弘光朝中得势，官至兵部尚书、右副都御史（相当于高检副总检察长）、东阁大学士（相当于副总理），就开始大力报复迫害东林党人和同情他们的士人。南明覆灭后，阮降清，死于清军南下途中。

比起前面那些"其情可悯"的失节之士，阮就显得十分可恶了。偏偏这样一个人，才华又十分出色，于是士人们对他的态度就很微妙了，比如这里，冒襄作为复社骨干，肯定与阮不共戴天。当时有一篇向全国人民揭露阮的罪恶嘴脸的大字报《留都防乱揭帖》，作者是名士吴应箕，但全国人民都知道背后指挥是陈贞慧，他可是和冒并列"四公子"的，要说冒和这事儿一点关系没有，那是谁也不信的。

但冒和朋友及女朋友们聚会，还是要演阮大铖所作的《燕子笺》，而且后文"新声"二字，说明此时此剧完成不久。而冒对此剧也不吝赞美，"曲尽情艳"，与他们对阮的嫌弃态度形成难以言说的对比。

而且，阮大铖不仅会写戏，还擅长排戏，他家养的阮家班，人称"金陵歌舞甲天下，阮家戏班是冠军"（甚至有一种说法，说阮败落后，阮家班中相当一部分流落到了安庆，所以后来安庆成为中国戏曲之乡）。所以如果当时《燕子笺》还是"新声"，那么很有可能是阮家班来为众人表演的。

这就有点尴尬了，一边全国士人对阮喊打喊杀的，一边又借来人家养的班子演人家写的戏。后来孔尚任的《桃花扇》里有一出《侦戏》，对这种扭曲的情形做了非常戏剧化的演绎，有兴趣的读者可以找来看一看。

⑧**汪汝为：**

蓥江汪氏是当时颇为有名的盐商，这里提到的汪家的园林，应该是著名的"寤园"，和影园一样，也是造园大师计成所建。寤园主人为汪机，字士衡，"汝为"可能为他的号，也可能是其子侄。汪于崇祯时以纳捐得授文华殿中书舍人（这个官衔和前面刘履丁的"刘刺史"是一个性质的），与后来的名士汪士楚应该是同族，甚至同辈。（唉，这种细枝末节的考据功夫，正是翻检古籍的苦恼处，却也是乐趣之所在啊。）

三、纪静敏

　　虞山宗伯送姬抵吾皋，时余侍家君饮于家园，仓卒（同"猝"^{cù}）不敢告严君，又侍饮至四鼓（四更，凌晨一点到三点）不得散。荆人不待余归，先为洁治别室，帷帐、灯火、器具、饮食，无一不顷刻具。

　　酒阑见姬，姬云："始至，止不知何故不见君，但见婢妇簇我登岸，心窃怀疑，且深恫骇。抵斯室，见无所不备，傍（旁边，侧边）询之，始感叹主母之贤，而益快经岁之矢相从不误也。"

　　自此，姬扃（锁闭）^{jiōng}别室，却管弦，洗铅华，精学女红，恒月馀不启户。耽寂享恬，谓骤出万顷火云，得憩清凉界。回视五载风尘，如梦如狱。

　　居数月，于女红无所不妍巧，锦绣工鲜。刺巾裾如虮（虮卵，^{jǐ}形容细小）无痕，日可六幅，剪綵（"彩"的异体字，指彩色的丝织物）^{cǎi}织字，缕金回文①，各厌（压倒、胜出）其技，针神针绝②，前无古人已。

099 原文 & 注解

①回文：

　　用的是 "璇玑图"的典故。东晋时，才女苏蕙（字若兰）嫁秦州（今甘肃天水）刺史窦滔，窦流放荒漠，苏织璇玑图，八百余字纵横排列，据说可以读出七千多首诗。后世遂以"回文"比心灵手巧和夫妇情深。

②针神针绝：

　　两个都是三国时的典故。

　　针神出自魏，魏文帝曹丕所宠美人薛灵芸（又名夜来），能在黑暗中裁剪缝制衣服，精美非常，时人称为"针神"。

　　针绝出自吴，孙权觉得地图使用久了墨迹模糊误事，侍妾赵氏便在素帛上绣出山川地势、河海城池。时人称之为"针绝"。

四、纪恭俭

姬在别室四月，荆人携之归。

入门，吾母太恭人与荆人见而爱异之，加以殊眷。幼姑长姊，尤珍重相亲，谓其德性举止，迥非常人。而姬之侍左右，服劳承旨，较婢妇有加无已。烹茗剥果，必手进。开眉解意，爬（搔）背喻（通"愈"）痒。当大寒暑，折胶烁金时，必拱立座隅，强之坐饮食，旋（立刻、随即）坐旋饮食旋起，执役拱立如初。

余每课两儿（冒襄长子冒禾书、次子冒丹书，成年后俱有文名）文，不称意，加夏楚（"夏"通"榎"，榎木；楚，荆木。"夏楚"，是古代学校的两种体罚越礼规范者的用具）。姬必督之改削成章，庄书以进，至夜不懈。

阅（经历）九年，与荆人无一言枘凿（旧读 ruì zuò，"枘"是榫头，"凿"是卯眼，此处是"方枘圆凿"的略语，比喻冲突不兼容）。至于视众御下，慈让不遑（逼迫），咸感其惠。

余出入应酬之费，与荆人日用金错泉布①（钱财），皆出姬手。姬不私铢两（极微小的分量），不爱积蓄，不制一宝粟钗钿②。死前弥留，元旦次日，必欲求见老母，（董母已过世，从小宛死后冒襄所作哀辞来看，应当是指冒襄的母亲。但冒襄一直称自己的母亲为"太恭人"，此处暂时存疑。或为"姥母"，即外祖母。）始瞑目。而一身之外，金珠红紫尽却之，不以殉，洵（xún）（诚然，实在）称异人。

①金错泉布：

　　对"钱"的委婉说法。

　　金错，指金错刀，王莽所铸钱币，形状如钥匙，以黄金错缕其文，也称"错刀"，后指代钱币。

　　泉布，古称钱币为"泉"，布匹也曾作为货币使用，所以泉布即"货币"，一说"泉"就是"布"，一物两名，但不管怎样，都是指货币。

②宝粟钗钿：

宝粟是古代一种金属加工工艺，即金粟攒焊，用细金珠（即金粟）沿边勾勒出轮廓，中间填以宝石。宝粟钗钿即用此种工艺制作的簪钗和头花。

但我个人觉得，这里的"宝粟钗钿"，只怕还有珠宝小得像米粒的钗钿的意思，与上文"不私铢两"相对应，指小宛不为自己制作哪怕是米粒大小珠宝的朴素首饰。

五、纪诗史书画

　　余数年来欲裒(聚)集四唐诗(旧时对唐诗分期为初唐、盛唐、中唐、晚唐)，购全集、类(分类汇集)逸事、集众评，列人与年为次第，每集细加评选，广搜遗失，成一代大观。

　　初、盛稍有次第，中、晚有名无集，有集不全，并名、集俱未见者甚夥(多、众)。《品汇》[①]，六百家大略耳；即《纪事本末》[②]，千馀家名姓事迹稍存，而诗不俱；《全唐诗话》[③]，更觉寥寥。

　　兰隅先生[④]序《十二唐人》[⑤]称豫章(南昌)大家，藏中、晚未刻集七百馀种。孟津(在河南洛阳附近)王师[⑥]向余言，买灵宝(河南灵宝市)许氏[⑦]《全唐诗》数车满载。即曩流寓盐官，胡孝辕职方[⑧]批阅唐人诗，剞劂(剞劂，雕刻用的曲刀和曲凿，借指书籍的雕版)工费，需数千金。

　　僻地无书可借，近复裹足墉(古同"墉"，指墙壁；古同"牖"，指朝南的窗户。引申为家中）下，不能出游购之，以此经营搜索，殊费心力。然每得一帙（量词，书卷、册），必细加丹黄（点评用朱砂、涂改用雌黄，故称点校书籍为"丹黄"）。他书中有涉此集者，皆录首简（书册前的空白页，古代书籍用竹简，前面会有两根空白竹简用以保护，故称"首简"），付姬收贮。至编年论人，准之《唐书》⑨，姬终日佐余稽查抄写，细心商订。永日终夜，相对忘言。阅诗无所不解，而又出慧解以解之。尤好熟读楚辞⑩、少陵⑪、义山⑫、王建、花蕊夫人、王珪三家宫词⑬，等身之书，周回座右，午夜衾枕间，犹拥数十家唐诗而卧。

今秘阁尘封，余不忍启。将来此志谁克与终？付之一叹而已。

犹忆前岁，余读《东汉》⑭至陈仲举、范、郭诸传⑮，为之抚几，姬一一求解其始末，发不平之色，而妙出持平之议，堪作一则史论。

乙酉（1645 年），客盐官，尝向诸友借书读之，凡有奇僻（奇特或偏僻的典故），命姬手抄。姬于事涉闺阁者，则另录一帙。归来，与姬遍搜诸书，续成之，名曰《奁艳》。其书之瑰异精秘，凡古人女子，自顶至踵，以及服食器具、亭台歌舞、针神才藻、下及禽鱼鸟兽，即草木之无情者，稍涉有情，皆归香丽。今细字红笺，类分条析，俱在奁中。

客春，顾夫人（顾横波）远向姬借阅此书，与龚奉常⑯（龚鼎孳）极赞其妙，促绣梓（精美的刻板印刷，古代书版以梓木为最上）之。余当忍痛为之校雠（校对）鸠工（集聚工匠），以终姬志。

原文 & 注解

姬初入吾家，见董文敏[17]为余书《月赋》[18]，仿钟繇[19]笔意者，酷爱临摹。嗣遍觅钟太傅诸帖学之，阅《戎辂表》[20]，称关帝君（关羽）为贼将，遂废钟，学《曹娥碑》[21]，日写数千字，不讹不落。

余凡有摘选，立抄成帙。或史或诗，或遗事妙句，皆以姬为绀珠。

又尝代余书小楷扇，存戚友处。而荆人米盐琐细，以及内外出入，无不各登手记，毫发无遗。其细心专力，即吾辈好学人鲜及也。

姬于吴门曾学画未成，能作小丛寒树，笔墨楚楚。时于几砚上辄自图写。故于古今绘事（绘画之事），别有殊好。偶得长卷小轴，与笥（si 盛东西的方形竹器）中旧珍，时时展玩不置。流离时宁委奁具，而以书画捆载自随。末后尽裁装潢，独存纸绢，犹不得免焉，则书画之厄。

而姬之嗜好，真且至矣。

①《品汇》：

即《唐诗品汇》，明永乐时"闽中十才子"之首高棅选编唐诗集，初编九十卷，后增补十卷，收诗人 681 家，诗作 6725 首。规模宏大，见解独到。将唐诗分为初、盛、中、晚四期，即从此书开始。其侧重盛唐的观点，对后世影响极大。

②《纪事本末》：

应指《唐诗纪事》，南宋计有功编纂，八十一卷，收唐代诗人 1150 家，将诗作与诗人事迹、传说、评论并载，但主要还是收集诗作，没有形成系统的唐诗理论。

③《全唐诗话》：

长期被误认为是南宋四大诗人之一的尤袤编纂，后有考证认为编者或为南宋权相贾似道，以及依附贾似道的藏书家廖莹中。后人因为贾的恶名，假托为尤袤所作。

全书共六卷，选唐代诗人 320 家，内文多与《唐诗纪事》雷同，或为其精选本，较《唐诗纪事》文辞更为雅洁。

④兰隅先生：

朱之蕃，字符升，号兰隅。明代著名书画家，万历二十三年状元（南京朱状元巷即因他而得名），曾出使朝鲜，当地士人争以人参、貂皮为润笔，求其书画，传为美谈。

⑤《十二唐人》：

应该是指朱之蕃选编的《中唐十二家唐诗》（不知为何，明代选编各种"十二家唐诗"的特别多），录储光羲、独孤及、孙逖、崔峒、钱起、刘长卿、刘禹锡、卢纶、张籍、王建、贾岛、李商隐十二家诗。

⑥孟津王师:

应当是指明代书画家王铎，孟津人，因为冒襄曾师从他学字，故称"王师"。

王铎，字觉斯，号十樵，书法与董其昌齐名，号称"南董北王"，崇祯时曾任东阁大学士，后归清，官至礼部尚书、弘文院学士，加太子少保，谥"文安"。

⑦灵宝许氏:

灵宝许家在明代成化、嘉靖年间，一门出了四位尚书，传为美谈，其中最有名的是许进，成化年间为兵部尚书，收复哈密有功，谥"襄毅"，其子许诰、许赞、许论皆官至尚书。

⑧胡孝辕职方:

胡震亨，字君鬯，改字孝辕，曾任兵部职方司（掌管地图及文秘工作）员外郎，故称"胡孝辕职方"。以毕生精力编纂《唐音统签》(后世《全唐诗》即以其为蓝本），共1033卷，是中国古代私人编纂的最大最全的唐诗总集。

⑨《唐书》:

在二十四史中，《唐书》比较特别，有《新唐书》和《旧唐书》之分，且都被列入二十四史。

《旧唐书》是五代十国时期后唐张昭（字昭远）等人编撰，当时的吏部尚书刘昫^{xù}监修，所以挂的是刘的名字。

到北宋，仁宗认为《旧唐书》"纪次无法，详略失中，文采不明，事实零落"，下旨重修，前后参与此事的有宋敏求、范镇、欧阳修、宋祁、吕夏卿、梅尧臣等一干大才，所以后世才子学者称"唐书"，一般都是指《新唐书》。这里也是如此。

⑩楚辞：

西汉初刘向编辑《楚辞》，收战国时楚国大诗人屈原及其弟子宋玉的作品，以及汉代众人的致敬之作。但说到"楚辞"，一般都是指屈原的作品，有时带上宋玉的。其特点是情感充沛、文辞绮丽、想象丰富，开中国古代浪漫主义文学之先河。

⑪少陵：

唐代大诗人杜甫，字子美，号少陵野老（因其曾居于长安杜陵，杜陵东南有小陵，称"少陵"），世称"杜少陵"。

⑫义山：

晚唐著名诗人李商隐，字义山。

李商隐很有意思，他和杜牧并称"小李杜"（与李白、杜甫的"李杜"相对），与李白、李贺并称"三李"，与温庭筠并称"温李"。其诗作沉郁缠绵，绮丽哀怨，有时流于迷离晦涩。

⑬王建、花蕊夫人、王珪三家宫词：

《三家宫词》为明末文学家、藏书家毛晋编纂，选了中唐王建（字仲初，与张籍齐名，都擅长乐府，称"张王乐府"）、五代十国后蜀主孟 <ruby>昶<rt>chǎng</rt></ruby> 的慧妃费氏（因美貌过人，称"花蕊夫人"）、北宋名相王珪（字禹玉，谥"文恭"）所作七言绝句各一百首。

这三个人出合集，实在有点"老子与韩非同传"的感觉，但集子既名"宫词"，则此三人的特点都是善写宫词，即写宫廷生活，以华美绮丽为主的诗体。

⑭《东汉》：

即《后汉书》，南朝宋历史学家范晔编纂，上起汉光武帝，下至汉献帝，与《史记》《汉书》《三国志》并称"前四史"。

⑮陈仲举、范、郭诸传：

三人事迹都见于《后汉书》。

陈蕃，字仲举，桓帝时任太尉，灵帝时任太傅，与大将军窦武（字游平）、名臣刘淑（字仲承）并称"三君"，与窦合谋剪除权宦曹节、王甫等人，事败时窦被杀，陈以七十岁高龄，率属官和学生拔刀闯宫，亦被残杀。

范、郭，指范滂、郭太，灵帝时李膺、范滂、杜密等人，集结三万太学生，与官僚、名士一起，抨击权宦误国（陈蕃也有参），被镇压，一千多名太学生被捕，开启了东汉著名的"党锢之祸"。

灵帝时第二次"党锢之祸"，窦武、陈蕃被害，党人被大肆追捕诛杀，此时郭太已病故，范滂慷慨就死，死前辞别母亲。范母说："我儿已与李膺、杜密齐名，死有何憾；既已得嘉名，怎能再希冀长寿呢？"范又对其子说："吾欲使汝为恶，则恶不可为；使汝为善，则我不为恶（却不得善终）。"闻者无不落泪。

冒襄作为复社骨干，明末名士，感慨时局家国，读这三人的传记而慷慨作色，是可以理解的。但是很好奇董小宛的持平之论又是什么，可惜冒襄没有记录下来。

⑯龚奉常：

龚鼎孳，字孝升，号芝麓。与吴伟业、钱谦益并称"江左三大家"。事迹见前"顾横波"的注解。

明崇祯时任兵科给事中，李自成攻破北京时投井殉国，被救起，先归顺李自成，后降清，官至左都御史、礼部尚书，因曾任太常寺少卿，故称"奉常"（太常寺秦时为奉常，故有此称）。

⑰董文敏：

董其昌，字玄宰，号思白，明后期著名书画家，曾任南京礼部尚书，谥号"文敏"。

⑱《月赋》：

南朝宋文学家谢庄（字希逸，出身王谢家族中的陈郡谢氏）所作，假托曹植与王粲月夜吟游的故事，写月色与人生世事，清丽悠远，雅致动人。

⑲钟繇：

钟繇，字符常，汉末至曹魏著名书法家，与王羲之并称"钟王"，被推为"楷书鼻祖"。

⑳《戎辂表》：

又名《贺捷表》，"戎辂"即兵车，是建安二十四年（219）蜀将关羽战败被斩时，钟繇所上贺表，被认为是钟繇的代表作，也是开楷书先河的作品。

当然，因为钟繇是魏臣，所以关羽之死对他来说是可喜可贺之事，自然不免将关羽称为"贼帅"。这原本无可非议，但董小宛因此而生气脱粉，不再学钟书，也是有点可爱啊。

㉑《曹娥碑》：

曹娥是东汉时著名孝女，为寻父尸投江而死。桓帝元嘉元年（151）会稽上虞令欲为其立碑，才子邯郸淳当时年仅弱冠，一挥而就，留下书文双绝的佳话。

此碑后被毁，王羲之重书，但也只留下绢本。现在传世的《曹娥碑》，是北宋书法家蔡卞所书，也是书法史上难得的珍品。

六、纪茗香花月

　　姬能饮，自入吾门，见余量不胜蕉叶（浅底酒杯），遂罢饮。每晚侍荆人数杯而已。

　　而嗜茶与余同性，又同嗜芥片^{jiē}①，每岁半塘顾子兼择最精者缄寄，具有片甲（鱼鳞）蝉翼之异。文火细烟，小鼎长泉（活水），必手自吹涤。余每诵左思《娇女诗》②"吹嘘对鼎鑪^{li}（同"鬲""麗"，古代炊具，类似鼎而足中空）"之句，姬为解颐。至"沸乳看蟹目鱼鳞，传瓷选月魂云魄③"，尤为精绝。

　　每花前月下，静试对尝，碧沉香泛，真如木兰霑^{zhān}（"沾"的异体字，指浸湿与因接触而被东西附着上）露，瑶草临波④，备极卢陆之致⑤。东坡云："分无玉椀捧蛾眉⑥。"余一生清福，九年占尽，九年折尽矣。

　　姬每与余静坐香阁，细品名香。宫香⑦诸品淫，沉水香⑧俗。俗人以沉香著^{zhuó}（"着"的本字，放置）火上，烟扑油腻，顷刻而灭，

　　　　　　　　　　　　　　　　　　原文 & 注解

无论香之性情未出，即著（穿着）怀袖，皆带焦腥。

沉香坚致而纹横者，谓之"横隔沉[9]"，即四种沉香内革沉横纹[10]者是也，其香特妙。又有沉水结而未成，如小笠大菌，名"蓬莱香[11]"，余多蓄之。

每慢火隔砂，使不见烟[12]，则阁中皆如风过伽楠[13]，露沃蔷薇，热磨琥珀，酒倾犀斝（圆口三足酒杯）之味，久蒸衾枕间，和以肌香，甜艳非常，梦魂俱适。

外此则有真西洋香方[14]，得之内府（宫中），迥非肆料。丙戌（1646 年，按史已经是清顺治三年了）客海陵（在江苏泰州），曾与姬手制百丸，诚闺中异品，然爇（点燃、焚烧）时亦以不见烟为佳，非姬细心秀致，不能领略到此。

黄熟[15]出诸番（东南亚诸国），而真腊（在今柬埔寨）为上，皮坚者为黄熟桶[16]，气佳而通，黑者为"夹栈（一种香木）黄熟[17]"，近南粤东莞茶园村土人种黄熟，如江南之艺茶，树矮枝繁，其香在根。自吴门解人剔根切白，而香之松朽尽削，油尖铁面[18]尽出。

余与姬客半塘时，知金平叔最精于此，重价数购之。块者净润，长曲者如枝如虬，皆就其根之有结处随纹缕出，黄云紫绣，半杂鹧鸪斑[19]，可拭可玩。

寒夜小室，玉帏四垂，氍毺（有花纹的细毛毯）重叠，烧二尺许绛蜡二三枝，设参差台几，错列大小数宣炉[20]，宿火常热，色如液金粟玉。细拨活灰一寸，灰上隔砂选香蒸之，历半夜，一香凝然，不焦不竭，郁勃氤氲，纯是糖结。热香间有梅英半舒，荷鹅梨（一种香梨，疑心就是如今的"鸭梨"）蜜脾（蜂房）之气。静参鼻观，忆年来共恋此味此境。恒打晓钟，尚未着枕，与姬细想闺怨，有"斜倚熏篮㉑，拨尽寒炉"之苦，我两人如在蕊珠众香深处。今人与香气俱散矣，安得返魂㉒一粒，起于幽房扃室中也！

一种生黄香㉓，亦从枯瘇（脚肿，泛指肿胀）朽痈（疮）中取其脂凝脉结、嫩而未成者。余尝过三吴白下，遍收筐箱中盖面大块㉔与粤客自携者，甚有大根株尘封如土，皆留意觅得。携归，与姬为晨夕清课，督婢子手自剥落，或觔（同"斤"）许仅得数钱，盈掌者仅削一片，嵌空镂剔，纤悉不遗，无论焚蒸，即嗅之，味如芳兰，盛之小盘层撞㉕中，色殊香别，可弄可餐。曩曾以一二示粤友黎美周㉖，讶为何物，何从得如此精妙？即蔚宗㉗传中恐未见耳。

又东莞以女儿香为绝品，盖土人拣香，皆用少女，女子先藏最佳大块，暗易油粉，好事者复从油粉担中易出。余曾得数块于汪友处，姬最珍之。

余家及园亭，凡有隙地，皆植梅。春来蚤（通"早"）夜出入，皆烂漫香雪中。

姬于含蕊时，先相枝之横斜与几上军持㉘相受，或隔岁便芟（割草，引申为删削）剪得宜，至花放，恰采（"采"的异体字，采摘）入供。

即四时草花竹叶，无不经营绝慧，领略殊清，使冷韵幽香，恒霏微（原指细雨，引申为迷蒙飘洒）于曲房斗室。至秾艳肥红，则非其所赏也。

秋来犹躭(dān)（"耽"的异体字，喜爱）晚菊。即去秋病中，客贻我剪桃红，花繁而厚，叶碧如染，浓条婀娜，枝枝具云罨(yǎn)（覆盖）风斜之态。姬扶病三月，犹半梳洗，见之甚爱，遂留榻右。每晚高烧翠蜡，以白团（白团扇，这里指白绢）回六曲（六曲屏风），围三面，设小座于花间，位置菊影，极其参横妙丽，始以身入。人在菊中，菊与人俱在影中。回视屏上，顾余曰："菊之意态尽矣，其如人瘦何？"至今思之，澹秀如画。

闺中蓄春兰、九节（九节兰，即蕙兰）及建兰，自春徂(cú)（到）秋，皆有三湘（潇湘、蒸湘、沅湘并称三湘，代指湖南）七泽（指湘楚之地的七个大湖）之韵，沐浴姬手，尤增芳香。《艺兰十二月歌》②皆以碧笺手录粘壁。去岁姬病，枯萎过半。

楼下黄梅一株，每腊（腊月，冬季）万花，可供三月插戴。去冬，姬移居香俪园③静摄，数百枝不生一蕊，惟听五鬣(liè)（五鬣，指松树，因为松树每五针为一叶，形似鬣毛，故称"五鬣"）涛声，增其凄响而已。

姬最爱月，每以身随升沉为去住。夏纳凉小苑，与幼儿诵唐人咏月及流萤、纨扇诗，半榻小几，恒屡移以领略月之四面。

午夜归阁，仍推窗延月于枕簟（竹或芦苇编的席）间。月去，复捲（同"卷"）幔倚窗而望。语余曰："吾书谢希逸《月赋》，古人厌晨欢，乐宵宴。盖夜之时逸，月之气静，碧海青天，霜缟冰净，较赤日红尘，迥隔仙凡。人生攘攘，至夜不休，或有月未出已齁（鼻息声，鼾声）睡者，桂华露影，无福消受。与子长历四序（四季），娟秀浣洁，领略幽香，仙路禅关，于此静得矣。"

李长吉㉛诗云："月漉漉，波烟玉。㉜"姬每诵此三字，则反复回环，日月之精神气韵光景，尽于斯矣。人以身入"波烟玉"世界之下，眼如横波，气如湘烟，体如白玉，人如月矣，月复似人，是一是二，觉贾长江㉝"倚影为三㉞"之语尚赘，至"淫眈""无厌""化蟾"之句，则得玩月三味矣。

①岕片：

即岕茶，亦即历史上有名的"阳羡茶"。产自宜兴，"岕"即"嶰"，指两山交界的地带，以罗嶰（在今宜兴以南长兴县）最佳，所以又叫"罗岕"。

岕茶自唐代起便是贡品，到明清盛极一时，大有当时"天下第一茶"之势。其特点是色白香幽，淡而韵，很符合当时文人士大夫的审美倾向，冒襄本人就编撰过《岕茶汇抄》，算是岕茶的行家了。

　　　　　　　　　原文 & 注解

②左思《娇女诗》：

左思是西晋文学大家，写《三都赋》造成洛阳纸贵之盛况。而他的《娇女诗》则是中国文学史上非常难得的作品，从一个溺爱孩子的老爹的视角，写他两个宝贝女儿的各种娇憨淘气之态，慈父之心令人感动。其中有一段写她们俩煮茶嬉戏——

止为茶荈据，吹嘘对鼎䥥。脂腻漫白袖，烟熏染阿锡。衣被皆重池，难与沈水碧。

因为诗中写的是两个调皮的小女孩，所以冒襄对董小宛吟诵"吹嘘对鼎䥥"的时候，董小宛会忍俊不禁。

③沸乳看蟹目鱼鳞，传瓷选月魂云魄：

化自唐代诗人皮日休《茶中杂咏》组诗中的两句。

其一是《煮茶》——

香泉一合乳，煎作连珠沸。时看蟹目溅，乍见鱼鳞起。

声疑带松雨，饽恐生烟翠。倘把沥中山，必无千日醉。

唐宋时饮茶以煮茶和点茶为主，茶汤呈乳状，所以在很多写茶的诗句里，以"乳"指"茶"，而到明清瀹饮（就是今天所谓"泡茶"）已经是主流，所以这里的"沸乳"显然不是茶汤，而是指泡茶用的水（冒襄写作好用古时名目，咱们先不管他）。

"蟹目"和"鱼鳞"是指水沸腾的状态，古人没有温度计，以目测和听声来确认水沸腾的程度。写《茶经》的陆羽曾说过，水泡如鱼目为"一沸"，如涌泉连珠为"二沸"，如波浪翻滚为"三沸"，到"三沸"水就煮老了，不合用了。

"蟹目"类似"鱼目"，"鱼鳞"类似涌泉连珠。古人认为"二沸"的水泡茶最好，但从"一沸"到"二沸"的时间很短，所以从"蟹目"出现就要开始聚精会神了。

其二是《茶瓯》——

邢客与越人，皆能造兹器。圆似月魂堕，轻如云魄起。

枣花势旋眼，苹沫香霑齿。 松下时一看，支公亦如此。

唐代茶碗，以越州瓷（窑址在今浙江上虞一带）和邢州瓷（窑址在今河北邢台）为上品，邢瓷色白、如雪，越瓷色青、如冰，所以很当得起"月魂云魄"的形容。

但我还必须补充一下，宋元时茶器尚黑，不再以青白瓷为上。到明清时又再度追捧青白瓷，但此时已经是饶州瓷，即景德镇的瓷器为佳了。

④木兰霑露，瑶草临波：

语出唐代诗人刘禹锡的《西山兰若试茶歌》——

山僧后檐茶数丛，春来映竹抽新茸。

宛然为客振衣起，自傍芳丛摘鹰嘴。

斯须炒成满室香，便酌砌下金沙水。

骤雨松声入鼎来，白云满碗花徘徊。

悠扬喷鼻宿酲散，清峭彻骨烦襟开。

阳崖阴岭各殊气，未若竹下莓苔地。

炎帝虽尝未解煎，桐君有箓那知味。

新芽连拳半未舒，自摘至煎俄顷馀。

木兰霑露香微似，瑶草临波色不如。

僧言灵味宜幽寂，采采翘英为嘉客。

不辞缄封寄郡斋，砖井铜炉损标格。

何况蒙山顾渚春，白泥赤印走风尘。

欲知花乳清泠味，须是眠云跂石人。

⑤卢陆之致：

卢指卢仝，唐代诗人，初唐四杰之一卢照邻的孙子，号玉川子，著有《茶谱》，今不存。他最有名的诗应该是《走笔谢孟谏议寄新茶》，即后世大名鼎鼎的"七碗茶诗"，卢也因此被奉为"茶仙"。

陆指陆羽，字鸿渐，他写了中国历史上第一部茶学专著《茶经》，因此被尊为"茶神"。

卢陆之致，便是指茶中的乐趣和享受。

⑥分无玉椀捧蛾眉：

语出苏轼《试院煎茶》一诗——

蟹眼已过鱼眼生，飕飕欲作松风鸣。

蒙茸出磨细珠落，眩转绕瓯飞雪轻。

银瓶泻汤夸第二，未识古人煎水意。

君不见昔时李生好客手自煎，贵从活火发新泉。

又不见今时潞公煎茶学西蜀，定州花瓷琢红玉。

我今贫病常苦饥，分无玉碗捧蛾眉。

且学公家作茗饮，砖炉石铫行相随。

不用撑肠拄腹文字五千卷，但愿一瓯常及睡足日高时。

⑦宫香：

明代周嘉胄所撰《香乘》记载的"宫香"多为合香，调香多用檀香、麝香、龙涎等秾冽之味，所以这里说宫香的味道"淫"。

⑧沉水香：

白木香、沉香树等香树树脂凝结生成沉香，其中放到水里下沉的为"沉水香"（或简称"沉香"），在水中半浮半沉的为"栈香"（又名煎香、笺香，即后文的"笺香"）；浮在水面的为"黄熟香"。

沉入水中的一般油脂含量高，密度大，香气更浓郁；栈香和黄熟香油脂含量低，香气更清幽。从后文看，冒襄显然更喜欢栈香和黄熟香，所以说"沉水香俗"。

值得注意的是"沉水香"和"水沉香"的区别。

"水沉"是相对"土沉"而言的，指香树结香形成的环境不同。香树倒伏埋于土石中，经过炭化形成的沉香为"土沉"（因土壤颜色不同还会细分为"红土沉""黄土沉"和"黑土沉"）；而香树倒伏在水中或湿润的环境里，形成的沉香为"水沉"。

一般来说，"土沉"醇厚而"水沉"清雅，冒襄未对此做细分，所以他后文中提到的沉香，可能是土沉也可能是水沉。

⑨横隔沉：

油脂凝结形成沉香的方式和环境多种多样，也就使得沉香的形态非常多样，其中有一种凝结方式是"横纹结油"，通常是在靠近树木结节处结香，过程中又被岩石等外力挤压，形成横向的纹路，有的地方把这种叫作"雷公沉"。

同时香体因为被挤压，风化不是很严重，所以油脂沿着木质渗透的纹路比较清晰，即是"隔"。

⑩革沉横纹：

周嘉胄《香乘》中所列四种上品沉香，即角沉黑润、黄沉黄润、蜡沉柔韧、革沉横纹。

所谓"革沉横纹"，一说"革"即"隔"，即上条所说"横隔沉"里的"隔"；一说横纹沉在岩石土壤中，表面布满炭化纹，状如皮革，"皮革"之下为坚实的横纹结香。上好的革沉横纹，这层"皮革"本身也蕴含着经历岁月陈化的丰富香味。

⑪蓬莱香：

栈香的一种。

《香乘》记载，"半结连木"的沉香，结香在水中或湿润的环境里，木质纤维没有炭化和风化，称为"煎香"或"婆菜香"，细分多以形状命名，如鸡骨香、叶子香，大如斗笠的叫作"蓬莱香"。

个人觉得这一段有点混乱，"婆菜""蓬莱"音相近，且都是音译，或是同一种香也有可能。

⑫慢火隔砂，使不见烟：

宋代以后，"隔火熏香"的法子开始盛行，较之前文所说的"俗人以沉香著火上"，隔火熏香更为舒缓优雅，香气更宜人，为冒襄、董小宛这样的才子佳人、名士淑女所青睐。

具体的办法是，在香炉的香灰里埋进烧透的炭，使之缓缓燃烧，注意通出气孔，以免炭熄灭，然后在气孔上放置隔片（云母、金属或瓷制），或是铺上石英砂，再把香放在上面，便如后文所说"细拨活灰一寸，灰上隔砂选香蒸之。历半夜，一香凝然，不焦不竭"。

⑬伽楠：

"迦南"一词出自梵语，唐代佛经中多写作"多迦罗"，又译为"伽蓝""祺楠"。一说是沉香的别名，一说是沉香的一种，即"奇楠香"，为沉香中的极品。

奇楠是在结香过程中，感染特殊霉菌发酵形成的，非常罕见，可遇不可求。较之普通沉香，奇楠含油量更高，质地柔软（甚至可以用指甲掐出印子）；而且不同于普通沉香需要熏烧才能散发出香味，奇楠天然带有优雅甜美的清香。所以冒襄在这里用"风过伽楠"来形容美妙的香气。

⑭**西洋香方：**

所谓"香方"，就是各种合香的配方及制作方式。

制作合香，就和配药一样，也讲究君臣佐辅、天时地利，一种"香方"可能是长期反复试验调配的产物，因此，有些香方也是秘不示人的，比如冒襄这个号称出自宫廷的西洋香方。

这种合香一般会以熬过的蜂蜜作为黏合剂，制成不同形状，主要是丸子形，所以后文说冒襄和董小宛在海陵做了一百颗。

另，当时所称"西洋"，多是指东南亚和印度一带。

⑮**黄熟：**

即黄熟香，沉香浮于水面的为黄熟香。

香木结香后久埋土中，木质完全朽坏，"熟"既是木质熟烂之意，只有香脂凝结的部分保留下来，因此多半质地轻虚。

⑯**黄熟桶：**

外皮结香坚实，而中间木质朽坏生成的黄熟香，又叫"黄熟桶"，是黄熟香中的上品。一说"桶"即"通"，取其香气通透之意。

⑰**夹栈黄熟：**

亦称"隔栈黄熟"，黄熟香的一种，黄熟香中通体发黑的称为"夹栈"，一说黄熟香中夹杂着栈香则发黑。一般来说，沉香中黑色为上，黄色次之，所以"夹栈黄熟"也是黄熟中的上品。

　　　　　　　　　　原文 & 注解

⑱油尖铁面：

疑为"油光铁面"之误。

好的沉香，颜色乌黑、质地坚实，并因为富含油脂而呈现出一种琥珀蜜蜡的光腻质感，即所谓的"油光铁面"。

⑲鹧鸪斑：

鹧鸪的羽毛为赤紫相间的条纹，胸口处有大大小小的圆形白色斑点。所谓"鹧鸪斑"，就是形容这种在深色底子上的、错落的白色圆形斑点。如宋代珍贵的建窑（窑址在今福建建阳）鹧鸪斑茶盏。

沉香中的鹧鸪斑，是树脂与活性木质纤维交错在一起而形成的，一说是虫蛀后引起油脂不规则变化而形成。宋代诗人范成大的《桂海虞衡志·志香》中有记载："鹧鸪斑香，亦得之于海南沉水、蓬莱及绝好笺香中，槎牙轻松，色褐黑而有白斑，点点如鹧鸪臆上毛，气尤清婉，似莲花。"

⑳宣炉：

即宣德炉，明宣德年间，明宣宗朱瞻基亲自参与设计并监制的铜香炉，是中国历史上第一次用"风磨铜"制作的铜器。所谓"风磨铜"，是一种铜金合金，经历风沙吹磨，越发闪亮，故而得名。

后来此类的铜制香炉，就都被称为"宣炉"。冒襄曾为师长方拱乾（字肃之，号坦庵）作《宣铜炉歌为方坦庵先生赋》并作注，称宣炉"最妙在色""从黯淡中发奇光。正如好女子肌肤，柔腻可掐。蓺火久，灿烂善变，久不着火，即纳之污泥中，拭去如故"。

㉑熏篮：

早期的熏香器皿，罐形或盆形，腹部有数排镂空的孔。

这里应指熏笼（就说冒襄喜欢乱用古称吧），是一种放在香炉上的半圆形罩笼，竹木或者陶瓷、金属质地，可以把衣物搭在上面熏香。

㉒返魂：

返魂香的传说见于汉武帝时。一说是"弱水西国"进贡三枚，大小如燕卵；一说是"西胡月氏国"进贡四两，大小如鸡蛋。据说是用聚窟州（神话中的地名）人鸟山返魂树的根心，在玉釜中熬出汁液再煎制而成，焚香的香气可起死回生。传说长安城瘟疫暴发，汉武帝焚此香而全城痊愈。

㉓生黄香：

从后文描述看，应该是指生结的沉香。

沉香除了上面诸多分类外，又分熟结和生结两种。

熟结是香树死后或者枝条脱落后，经年累月结香而成；而生结是香树还活着的时候，其枝干受到外力伤害，如虫蛀、砍伤后，分泌树脂在伤口处结香，也叫"活沉生结"。

生结一般结香时间较短，树脂凝聚和醇化程度不足，同时香树仍是活的，所以树脂会沿着木质扩散，需要从木质中剥离出来，所以会出现后文所说的"觔许仅得数钱，盈掌者仅削一片"。

㉔盖面大块：

这里应该是指沉香的"板头"和"包头"。

板头是香树断裂的地方，断口处结香，通常为片状，而板头处被新生的木质或树皮覆盖，就形成包头，即使不形成包头，断裂处也往往被尘土、苔藓、真菌或腐烂寄生植物等覆盖，所以外观看上去可能就是后文所说"大根株尘封如土"。

　　　　　　　　原文 & 注解

㉕层撞：

即香撞（这里的“撞”是吴音，物品堆叠曰“撞”），一种香器，状如香盒或提篮，有提梁，多层，因此又称“层撞”，古人用于出游时带香。

㉖黎美周：

黎遂球（1602—1646），字美周，广东番禺人，所以冒襄说他是“粤友”。

黎工诗善画，最有名的事迹是“牡丹状元”。事情是这样的，崇祯十二年（1639），在前面提到的影园，主人郑元勋聚集当时的名士才子，悬赏请以黄牡丹为题作诗。之后冒襄将这些诗作糊名，寄给钱谦益品评。钱谦益以黎美周所作《扬州同诸公社集郑超宗影园即席咏黄牡丹十首》为第一名，轰动一时。黎因此在扬州披红挂彩，骑马游街，直到他回到粤地，为此还有数十画舫相迎。有人说明朝三百年，没有哪个真正的状元有过如此风光。

明亡后，黎先是送了五百铁铳到南明弘光朝。南京陷落后，唐王在福建称帝，黎任兵部职方司主事，率军抗清，于赣州战死，谥号“忠愍”。

㉗蔚宗：

范晔（398—445），字蔚宗，南朝宋史学家、文学家，《后汉书》的作者。据说也是一位香道高手，著有《杂香膏方》《和香方》等书，今已失传。

㉘军持：

即军持瓶或军持壶，一种水器，也就是通常所说的“净瓶”，一种带嘴的细颈高身瓶。

得名于梵文的“捃稚迦”，也作“君迟”“军墀”“群持”。最初的用途是佛教徒用来盛水饮用、净手或洗漱，为大乘比丘随身携带的十八物之一。后来流传到民间，并且发展成为一种花器，尤其适合插梅花。

㉙《艺兰十二月歌》：

即《艺兰月令》，作者据说是南宋学者李侗，字愿中，人称"延平先生"。虽然李是著名学者，但《艺兰月令》写得非常大白话甚至有点"土气"，极具实操性。也有人说是伪托李名下，这就比较说得通了。可能因为他是福建人，就被借用了一下名头。

在此之后，又出现了多首不同地域关于养兰的"十二月口诀"，但考察时间，我认为董小宛"以碧笺手录粘壁"的最有可能是伪托李先生的这一首——

正月安排在坎方，黎明相对向阳光，晨昏日晒都休管，要使苍颜不改常。
二月栽培更是难，须防叶作鹧鸪斑，四围扦竹防风折，惜叶犹如惜玉环。
三月新条出旧丛，花盆切忌向西风，提防湿处多生虱，根下犹嫌太肥浓。
四月庭中日乍炎，盆间泥土立时干，新鲜井水休浇灌，腻水时倾味最甜。
五月新芽满旧窠，绿荫深处最平和，此时老叶从他退，剪了之时愈见多。
六月骄阳暑渐加，芬芳枝叶正生花，凉亭水阁堪安顿，或向檐前作架遮。
七月虽然暑渐消，只宜三日一番浇，最嫌蚯蚓伤根本，苦皂煎汤尿汁调。
八月天时渐觉凉，任它风日也无妨，经年污水今须换，却用鸡毛浸水浆。
九月时中有薄霜，阶前檐下好安藏，若生蚁虱防黄肿，叶洒茶油庶不伤。
十月阳春暖气回，来年花笋又胚胎，幽根不露真奇法，盆满尤须急换栽。
十一月天宜向阳，夜间须要慎收藏，常叫土面生微湿，干燥之时叶便黄。
腊月风寒冰雪欺，严收暖处保孙枝，直教冻解春司令，移向庭前对日晖。

㉚香俪院：

顺便介绍一下"冒家大院"，让大家感受一下冒襄和董小宛的生活环境。

冒家是如皋大族，住集贤里（集贤里因此改名"冒家巷"）。明朝中期冒家极盛时有六房，均显赫一时。冒襄属于第三房，到他出生时，冒家已经是三房一枝独秀。

　　冒襄的祖父冒梦龄所建宅邸，面积一万平方米，百余间房，前面提到的冒襄侍其父夜饮的拙存堂为正厅。冒襄婚后住在西宅得全堂，董小宛住其中的艳月楼，这里提到的香俪院在得全堂南面，主建筑前广三楹，形若方舟，后有一室。绕过左边回廊是深翠山房，有两棵巨大的古槐树，回廊东北是赠云轩，再往东是天境舫，与方舟形状的香俪院主体建筑相呼应。前方是滋兰轩，西面是三友崖，崖后是别有园。——总之，从字面上看，真的是相当有品位格调的豪宅啊。

㉛李长吉：

　　中唐诗人李贺（790—817），字长吉，诗风浪漫奇崛，有"诗鬼"之称。

㉜月漉漉，波烟玉：

　　出自李贺所作《月漉漉篇》——
　　月漉漉，波烟玉。莎青桂花繁，芙蓉别江木。
　　粉态裌罗寒，雁羽铺烟湿。谁能看石帆，乘船镜中入。
　　秋白鲜红死，水香莲子齐。挽菱隔歌袖，绿刺胃银泥。

㉝贾长江：

　　中唐诗人贾岛（779—843），字阆仙，著有《长江集》，世称"贾长江"。诗风清癯，多咏愁苦，与孟郊齐名，并称"郊寒岛瘦"。

㉞倚影为三：

　　或为"倚杉为三"之误，出自贾岛《玩月》一诗，后文提到的"'淫耽'‘无厌'‘化蟾'之句"，也出自此诗——

寒月破东北，贾生立西南。西南立倚何，立倚青青杉。

近月有数星，星名未详谙。但爱杉倚月，我倚杉为三。

月乃不上杉，上杉难相参。眙睇子（仔）细视，晴瞳桂枝劖。

目常有热疾，久视无烦炎。以手扪衣裳，零露已濡露。

久立双足冻，时向股膇淹。立久病足折，兀然黐胶粘。

他人应已睡，转喜此景恬。此景亦胡及，而我苦淫耽。

无异市井人，见金不知廉。不知此夜中，几人同无厌。

待得上顶看，未拟归枕函。强步望寝斋，步步情不堪。

步到竹丛西，东望如隔帘。却坐竹丛外，清思刮幽潜。

量知爱月人，身愿化为蟾。

七、纪饮食

姬性澹泊，于肥甘一无嗜好。每饭，以芥茶一小壶温淘，佐以水菜、香豉、数茎粒便足一餐。余饮食最少，而嗜香甜及海错（各种海味）风熏之味，又不甚自食，每喜与宾客共赏之。

姬知余意，竭其美洁，出佐盘盂，种种不可悉记，随手数则，可睹一斑也。

酿饴为露，和以盐梅[①]，凡有色香花蕊，皆于初放时采渍之。经年，香味、颜色不变，红鲜如摘，而花汁融液露中，入口喷鼻，奇香异艳，非复恒有。

最娇者为秋海棠露。海棠无香[②]，此独露凝香发，又俗名"断肠草"，以为不食，而味美独冠诸花。次则梅英、野蔷薇、玫瑰、丹桂、甘菊之属。至橙黄、橘红、佛手、香橼，去白缕丝，色味更胜。酒后出数十种，五色浮动白瓷中，解醒^{chéng}（酒醉昏沉状）消渴，金茎仙掌[③]，难与争衡也。

取五月桃汁、西瓜汁，一穰一丝漉尽，以文火煎至七八分，始搅糖细炼。桃膏如大红琥珀，瓜膏可比金丝内糖（宫糖，言其珍贵）。每酷暑，姬必手取其汁示洁，坐炉边静看火候，成膏不使焦枯，分浓淡为数种，此尤异色异味也。

制豉，取色取气先于取味，豆黄九晒九洗为度，颗瓣皆剥去衣膜，种种细料，瓜杏姜桂，以及酿豉之汁，极精洁以和之。豉熟擎出，粒粒可数，而香气、醋色、殊味，迥与常别。

红腐乳烘蒸各五六次，内肉既酥，然后削其肤，益之以味，数日而成者，绝胜建宁（在今福建三明市）三年之蓄（建宁出伊家红腐乳）。

他如冬春水盐诸菜，能使黄者如蜡（蜜蜡）、碧者如菭^{tái}（"苔"的异体字，此处指青苔）。蒲藕笋蕨、鲜花野菜、枸蒿蓉菊之类，无不採入食品，芳旨（香美之味）盈席。

火肉久者无油，有松柏之味；风鱼久者如火肉，有麂鹿之味。醉蛤如桃花，醉鲟骨如白玉，油鲳如鲟鱼，虾松如龙须，烘兔、酥雉如饼饵，可笼而食之。菌脯如鸡堫^{zōng}（鸡堫，即"鸡枞菌"），腐汤如牛乳。姬细考之食谱，四方郇^{huán}（一说读 xún，待考）厨④中一种偶异，即加访求，而又以慧巧变化为之，莫不异妙。

①**酿饴为露，和以盐梅：**

中国古代调味，以盐为第一，取其咸；梅为第二，取其酸。"和以梅盐"，就是调味的意思。

而在这里，"酿饴为露，和以梅盐"具体指的是制作梅卤来腌渍花果，清代名医顾仲撰《养小录》记载："腌青梅卤汁至妙，凡糖制各果，入汁少许，则果不坏，而色鲜不退。"与文中的描写正相佐证。

而宋代诗人梅尧臣有一首《篱上牵牛花》——

楚女雾露中，篱上摘牵牛。花蔓相连延，星宿光未收。

采之一何早，日出颜色休。持置梅卤间，染姜奉盘羞。

烂如珊瑚枝，恼翁牙齿柔。齿柔不能食，梁肉坐为雠。

似乎就是把牵牛花用梅卤腌渍后食用。

类似的还有元代诗人方回的《暑中闲咏 其六》——

篱门矮复斜，乌桕发枯槎。曾守诸侯土，还同百姓家。

葛囊悬苴子，梅卤渍栀花。臧获修时事，分衣缺布纱。

这又是拿梅卤来腌栀子花了。看来冒襄所说"凡有色香花蕊，皆于初放时採渍之"一点没错。

②**海棠无香：**

"海棠无香"可以说是中国古代文人一个恒久的怨念了。

语出北宋释惠洪所著笔记小说《冷斋夜话》，写到其叔父彭渊材的各种离奇事迹，有一条就是彭生平有五恨：第一恨鲥鱼多骨，第二恨金橘太酸，第三恨莼菜性冷，第四恨海棠无香，第五恨曾子固不能作诗（曾子固即曾巩，虽然我也觉得他位列"唐宋八大家"略有凑数之嫌，但人家也是能写诗的）。后来彭的一个朋友任职昌州（在四川），嫌离家远，琢磨着换个地方，彭正在吃饭，听说后把嘴里的饭吐出来（这是仿"周公吐哺"的故事啊），"大步往谒李曰：'今日闻大夫改授，有之乎？'李曰：'然。'渊材怅然曰：'谁为大夫谋？昌佳郡也，奈何弃之！'李惊曰：'供给丰乎？'曰：'非也。''民讼简乎？'曰：'非也。''然则何以知上也？'渊材曰：'天下海棠无香，昌州海棠独香，非佳郡乎？'闻者传以为笑。"

③金茎仙掌：

汉武帝为求仙，在建章宫柏梁台铸铜仙人像，舒掌捧铜盘玉杯，以接仙露，一说立铜柱擎承露盘。"金茎仙掌"，用来比喻琼浆玉液般的佳饮。

④郇厨：

即郇公厨，也作郇国厨。唐代韦陟（字殷卿）袭郇国公，性奢侈，"其于馔羞，尤为精洁。仍以鸟羽择米。每食毕，视厨中所委弃，不啻万钱之直（值）。若宴于公卿，虽水陆具陈，曾不下箸"。后世便以"郇厨"称膳食精美。

八、纪同难

甲申三月十九日之变^①，余邑清和（四月）望（每月十五为"望"）
后始闻的耗（坏消息）。邑之司命者甚懦，豺虎狰狞踞城内，声
言焚劫，郡中又有兴平兵四溃之警^②。同里绅衿（缙绅和士人）大户，
一时鸟兽骇散，咸去江南。余家集贤里，世恂（守信）让，家君
以不出门自固。阅数日，上下三十馀家，仅我竈有炊烟耳。老母、
荆人惧，暂避郭外，留姬侍余。姬扃内室，经纪衣物、书画、文
券，各分精粗，散付诸仆婢，皆手书封识。

群横日劫，杀人如草。而邻右人影落落如晨星，势难独立。
只得觅小舟，奉两亲，挈家累，欲冲险从南江渡澄江（当时如皋
的外城南门为澄江门）北，一黑夜六十里，抵泛湖州（又名"范湖洲"，
在今如皋车马湖一带，传说为范蠡携西施泛湖的起点）朱宅（朱氏为泛湖
州望族，据传为朱熹后人，此处"朱宅"主人一说名朱砭，未能细考）。

江上已盗贼蜂起，先从间道（偏僻小路）微服送家君从靖江（今

江苏靖江市，与如皋相邻）行（冒父此行应当是去南京）。夜半，家君向余曰："途行需碎金，无从办。"余向姬索之，姬出一布囊，自分许至钱许，每十两可数百小块，皆小书轻重于其上，以便仓卒随手取用。家君见之，讶且叹，谓姬何暇精细及此！

维时诸费较平日溢十倍，尚不肯行。又迟一日，以百金雇十舟，百馀金募二百人护舟。甫行数里，潮落舟胶，不得上。遥望江口，大盗数百人，踞六舟为犄角（又作"掎角"，兵分两路互为倚靠），守隘以俟。幸潮落，不能下逼我舟。

朱宅遣有力人负浪踏水驰报曰："后岸盗截归路，不可返。"护舟二百人中，且多盗党。时十舟哄动，仆从呼号垂涕。

余笑指江上众人曰："余三世百口咸在舟。自先祖及余祖孙父子[3]，六七十年来，居官居里，从无负心负人之事。若今日尽死盗手，葬鱼腹，是上无苍苍，下无茫茫矣。潮忽早落，彼此舟停不相值，便是天相。尔辈无恐，即舟中敌国，不能为我害也。"

先夜拾行李登舟时，思大江连海，老母幼子从未履此奇险，万一阻石尤（石尤风，即逆风），欲随路登岸，何从觅舆辆？三鼓（三更，半十一点至凌晨一点）时以二十金付沈姓人，求雇二舆一车、夫六人。沈与众咸诧异笑之，谓："明早一帆，未午便登彼岸，何故黑夜多此难寻无益之费？"倩榜人（船夫）募舆夫，观者绝倒。余必欲此二者，登舟始行。

至斯时虽神气自若，然进退维谷，无从飞脱。因询出江未远，果有别口登岸通泛湖洲者？舟子曰："横去半里，有小路六七里，竟通彼。"余急命鼓楫至岸，所募舆车三事，恰受俯仰七人，馀行李婢妇，尽弃舟中。顷刻抵朱宅，众始叹余之夜半必欲水陆兼备之为奇中也。

大盗知余中遁，又朱宅联络数百人，为余护发行**李人**口。盗虽散去，而未厌其志，恃江上法网不到，且值无法之时，明集数百人，遣人谕余，以千金相致，否则竟围朱宅，四面举火。

余复笑答曰："盗愚甚。尔不能截我于中流，乃欲从平陆数百家中火攻之，安可得哉？"然泛湖洲人，名虽相卫，亦多不轨。余倾囊召阖庄人付之，令其夜设牲酒，齐心于庄外备不虞（不测之事）。数百人饮酒分金，咸去他所。

余即于是夜，一手扶老母，一手曳荆人，两儿又小，季（冒襄幼弟冒褒，其父侍妾所出）甫生旬日（十天为一旬，言时间短），同其母付一信仆偕行，从庄后竹园深箐（qīng）（山间大竹林）中蹒跚出。维时更无能手援姬，余回顾姬曰："汝速蹴（cù）（踏）步，则尾余后，迟不及矣！"姬一人颠连（困顿窘迫状）趋（快步）蹶（jué）（跑、跌倒），仆行里许，始仍得昨所雇舆辆，星驰至五鼓（五更，凌晨三点至五点），达城（如皋城，跑了一圈又回来了）下。盗与朱宅之不轨者，未知余全家已去其地也。然身脱而行囊大半散矣，姬之珍爱尽失焉。

姬返舍谓余：当大难时，首急老母，次急荆人、儿子、幼弟为是，彼即颠连不及，死深箐中无憾也。

午节(端午节)返吾庐,衽(卧席)金革(以兵器、铠甲为席,犹言"枕戈待旦"),与城内枭獍(枭为恶鸟,生而食母;獍为恶兽,生而食父。枭獍比喻凶暴无人性之人)为伍者十旬。至中秋始渡江入南都④(南京)。别姬五阅月(经一月为"阅月"),残腊,余弃小草回,挈家随家君之督漕任(冒父起宗此时为山东按察司副使,督七省漕运),去江南,嗣寄居盐官(浙江嘉兴海盐县)。因叹姬明大义、达权变如此,读破万卷者有是哉?

乙酉(1645年),流寓盐官。五月,复值崩陷⑤。余骨肉不过八口,去夏江上之累,缘仆妇杂沓奔赴,动至百口,又以笨重行李四塞舟车,故不能轻身去,且来窥㘕(窥探)。此番决计置生死于度外,扃户不他之。

乃盐宫城中,自相残杀(杀害)甚閧("哄"的异体字,喧闹)。两亲又不能安,复移郭外大白居(在今海盐城南乌夜村)。余独令姬率婢妇守寓,不发一人一物出城,以贻身累。即侍两亲、挈妻子流离,亦以孑(孤、单独)身往。乃事不如意,家人行李纷沓,违命而出。

大兵迫檇李(在今浙江嘉兴西南),薙("剃"的异体字)发之令⑥初下,人心益皇皇。家君复先去惹山(在今海盐澉浦保山村),内外莫知所措。余因与姬决:"此番溃散,不似家园,尚有左右之者,而孤身累重,与其临难舍子,不若先为之地。我有年友⑦,

信义多才，以子托之。此后如复相见，当结平生欢，否则听子自裁，毋以我为念。"

姬曰："君言善！举室皆倚君为命，复命不自君出，君堂上膝下，有百倍重于我者，乃以我牵君之臆.非徒无益，而又害之。我随君友去，苟可自全，誓当匍匐（尽力）以待君回；脱有不测，前与君纵观大海，狂澜万顷，是吾葬身处也！"

方命之行，而两亲以余独割姬为憾，复携之去。自此百日，皆展转深林僻路、茅屋渔艇，或月一徙，或日一徙，或一日数徙，饥寒风雨，苦不具述。卒于马鞍山（在今海盐通元与六里交界处）遇大兵，杀掠奇惨。天幸得一小舟，八口飞渡，骨肉得全，而姬之惊悸瘁（过度劳累）瘏（疲极致病），至矣！尽矣！

①甲申三月十九日之变：
崇祯十七年（1644年，这一年为甲申年）一月，李自成在西安称帝，一路攻向京城。三月十九日，当时明兵部尚书张缙彦开正阳门，北京陷落，崇祯帝煤山自缢，明朝正式灭亡。

②兴平兵四溃之警：
北京陷落，崇祯自缢后，原李自成部将，后降明的悍将高杰（字英吾，

时任总兵官）南逃，奉福王朱由崧登基，号弘光，是为南明。高杰封兴平伯，守徐州、泗州，与刘泽清（守淮安、扬州）、刘良佐、黄得功并称江北四镇。

当时四人争着驻守扬州，高杰率军（即兴平兵）先至，高本人酷烈桀骜，所率兴平兵劫掠起家，凶暴成性。扬州城中居民恐惧，死守不令其入，高围城两月不下。

这时扬州周边各地（比如冒家所在的如皋）无不担忧兴平兵攻扬州不下，四散侵掠，所以多有逃亡。这也就有了后面冒家的出逃。

同时其他三人也在江北四处杀戮劫掠，使得江北秩序崩坏，便是后文所说"群横日劫""盗贼蜂起"。

③先祖及余祖孙父子：

冒家为汉化的蒙古后裔（冒襄的后人冒广生撰写《如皋冒氏得姓记》，称冒氏为忽必烈第九子镇南王脱欢的后人，一说为元朝太师脱脱之后）。明初，先祖冒致中隐居如皋东陈乡，五世未仕。

明孝宗弘治年间，冒鸾中进士，官至福建布政使司左参议（相当于常务副省长），冒家迁至如皋城集贤里。

冒鸾任孙冒承祥有六子，在集贤里建府六所，第三子冒士拔即为冒襄曾祖父。

④始渡江入南都：

冒辟疆在南京的经历，说法不一。当时弘光朝乌烟瘴气，阮大铖投靠首辅马士英，报复复社中人，将冒襄缉拿入狱。一说冒并未入狱，而是得到史可法的庇护，逃出南京。

《冒巢民先生年谱》里记载，冒襄确实被锦衣卫堵门恐吓，又看到朋友陈贞慧被捕，侯方域避走，便也离开南京回乡。

⑤五月，复值崩陷：

1645 年（即乙酉年，这时是清顺治二年），清军南下，著名的"扬州十日"即在那时。五月南京陷落，南明灭亡，朱由崧败逃芜湖，被俘，后在北京被处死。

其后唐王朱聿键在福州称帝，为隆武朝；桂王朱由榔在广东称帝，为永历朝。

⑥薙发之令：

即"剃发令"，南京陷落之后不久，清廷颁布"剃发令"，诏令所达限十日内，军民皆改剃清朝发式。

⑦我有年友：

冒家避难海盐，投靠的是冒辟疆的至交好友陈梁和张明弼，即前面所说与冒襄眉楼结盟的四位朋友中的两位。

陈梁，字则梁，一说冒襄后文所写"马鞍山遇大兵，杀掠奇惨"，陈梁即于彼时遇害。

张明弼，字公亮，崇祯六年进士，为冒襄挚友，冒落榜，张出离愤怒，可见确实亲如兄弟。冒家与陈家辗转出逃，张则留在大白居，所以冒襄欲将董小宛托付的这位"年友"，应该就是张。董小宛死后，冒的朋友们纷纷写诗作文纪念，唯有张写的是《冒姬董小宛传》，情分确实非同一般。

九、纪侍药

秦溪蒙难①之后，仅以俯仰八口免，维时仆婢杀掠者几二十口，生平所蓄玩物及衣贝（行李钱财），靡孑遗矣。

乱稍定，匍匐入城，告急于诸友，即襆被（"襆 fú 被"，指用包袱包裹衣被）不办。夜假荫（借宿）于方坦庵年伯②，方亦窜迹初回，仅得一毡，与三兄共裹卧耳房（小偏房）。时当残秋，窗风四射。翌日，各乞斗米束薪于诸家，始暂迎二亲及家累返旧寓。

余则感寒，痢疟沓作矣。横白板扉为榻，去地尺许，积数破絮为卫，炉煨桑节（桑节杖，意为将手杖都作烧柴，极言困窘），药缺攻补（中药讲究攻补兼施，药方中有"攻"有"补"，这里是指配不齐药方）。且乱阻吴门③，又传闻家难剧起④，自重九（重阳节）后溃乱沉迷，迄（到）冬至前僵死，一夜复苏，始得间关（"间 jiān 关"，指道路崎岖，辗转难行）破舟，从骨林肉莽中冒险渡江。犹不敢竟归家园，暂栖海陵（泰州）。阅冬春百五十日，病方稍痊。

此百五十日，姬仅卷一破席，横陈（横卧）榻边。寒则拥抱，热则披拂，痛则抚摩。或枕其身，或卫其足，或欠伸起伏，为之左右翼。凡病骨之所适，皆以身就之。鹿鹿（同"碌碌"，操劳辛苦）永夜，无形无声，皆存视听。汤药手口交进，下至粪秽，皆接以目鼻，细察色味，以为忧喜。日食粗粝一餐，与籲（"吁"的繁体字，呼号，呼求）天稽首外，惟跪立我前，温慰曲说，以求我之破颜。余病失常性，时发暴怒，诟（辱骂）谇（斥责）三至，色不少忤，越五月如一日。

每见姬星靥如蜡，弱骨如柴。吾母太恭人及荆妻怜之感之，愿代假一息。姬曰："竭我心力，以殉夫子。夫子生而余死犹生也。脱（倘若）夫子不测，余留此身于兵燹（野火。"兵燹"，指战乱中焚毁破坏）间，将安寄托？"

更忆病剧时，长夜不寐，莽风飘瓦。盐官城中，日杀数十百人。夜半鬼声啾啸，来我破窗前，如蛩（蝗虫）如箭。举室饥寒之人皆辛苦鼾睡，余背贴姬心而坐，姬以手固握余手，倾耳静听，凄激荒惨，欷歔（哭泣至抽搐为欷歔）流涕。姬谓余曰："我入君门整四岁，蚤（通"早"）夜见君所为，慷慨多风义，豪发几微，不邻薄恶，凡君受过之处，惟余知之亮之。敬君之心，实逾于爱君之身；鬼神赞叹畏避之身也，冥漠有知，定加默祐。但人生身当此境，奇惨异险，动静备历，苟非金石，鲜不销亡！异日幸生还，当与君敝屣（鞋。"敝屣"，穿破的鞋）万有，逍遥物外，慎毋忘此际此语。"

噫吁嘻！余何以报姬于此生哉！姬断断非人世凡女子也！

丁亥（1647年，此时已是清顺治四年），谼口铄金，太行（太行山）千盘（山路盘旋崎岖），横起人面⑤。余胸坟五岳，长夏郁蟠（幽深），惟茧夜焚二纸告关帝君。久拖奇疾，血下数斗，肠胃中积如石之块以千计。骤寒骤热，片时数千语，皆首尾无端，或数昼夜不知醒。医者妄投以补，病益笃，勺水不入口者二十馀日。此番莫不谓其必死，余心则炯炯然，盖余之病不从境（身外环境）入也。

姬当大火铄金时，不挥汗，不驱蚊，昼夜坐药炉傍，密伺余于枕边足畔六十昼夜。凡我意之所及与意之所未及，咸先后之。

已丑（1649年，清顺治六年）秋，疽（毒疮）发于背⑥，复如是百日。

余五年危疾者三，而所逢者皆死疾，惟余以不死待之。微姬力，恐未必能坚以不死也。

今姬先我死，而永诀时，惟虑以伊死增余病，又虑余病无伊以相待也。姬之生死为余缠绵如此，痛哉！痛哉！

①秦溪蒙难：

即上文所说"马鞍山遇大兵，杀掠奇惨。天幸得一小舟，八口飞渡，骨肉得全"，冒家二十几名仆婢尽被杀戮。一说冒的好友陈梁也在此时遇害。

冒襄有诗《秦溪蒙难》——

乐郊自古称秦海，偏我栖迟遇大兵。

俯仰以外皆残掠，囊橐(tuó)之中肆倒倾。

贽虎告人怀彼怒，想山何径暗通盟。

人生到此无生理，回首高堂独动情。

从诗句中看，"贽虎告人"一联，似乎别有难言隐情，以冒襄的为人，如果被害的只是仆婢，不至于说出"人生到此无生理"之句。

而三十七年后，冒襄在另一首诗中，写下"至今望秦海，鬼妾不曾归"之句。

于是后人便有猜测，"秦溪蒙难"时，或有不忍之事。甚至牵强出董小宛为乱兵掠去，后献与顺治，为董鄂贵妃云云。

个人倒是觉得，有可能当时遇害的，不只冒家下人，还有朋友（比如陈梁），或是朋友托付的姬妾家人，所以有"人生到此无生理"与"至今望秦海，鬼妾不曾归"之说。

②方坦庵年伯：

方拱乾，字肃之，号坦庵，方家与冒家为世交，故冒襄称其为"年伯"。

这位"年伯"的命运也很是坎坷，年少即有才名，崇祯元年进士，官至少詹事（太子府内务官员），为东宫讲官，前途相当不错。

结果李自成破北京，方被俘，受酷刑，被勒索重金，才得以逃脱南归。

顺治十四年，方的三子方章铖中举，却又受到江南科场案牵连，方与最年长的三个儿子（不知是不是就是和冒襄裹一条毛毯的这三位）入狱，后全家被流放宁古塔，用他自己的诗句说是"白头乃食力"。四年后遇赦归乡，家产尽失，流寓扬州而亡。

③乱阻吴门:

吴门指苏州一带,1645年南明灭亡后,江南一带义军纷起,清军在苏州昆山一带遇到激烈抵抗,顾炎武、归庄等名士都参加其中。清军攻陷昆山后屠戮极惨,死者四万人(顾、方家人也多有遇难和殉国),被称为"昆山之屠"。

④传闻家难剧起:

还是1645年8月,清军攻如皋城,当地"壮士"陈君悦、徐健吾、缪景先率义军抵抗,直至11月上旬才最终失败。在此过程中,如皋死伤惨烈,想必冒家亲友也有波及,所以说"家难剧起"。

⑤太行千盘,横起人面:

这里是用李白《箜篌谣》中"他人方寸间,山海几千重。轻言托朋友,对面九嶷峰"的诗意,指平素交好之人,忽然起了疑心猜疑,仿佛一下子在彼此之间横起太行山那样山路千盘的崇山峻岭。

当时清军平定全国,冒襄的旧友,已经降清的复社成员陈名夏写信给他,称冒为"天际朱霞,人中白鹤",要举荐他,冒力辞,但因为此信,已经惹得物议纷纷。而且陈归清后在朝中搞得动静颇大,也让冒襄十分忧惧,所以病重。

说到这位陈名夏,也是一个有点神奇的人物。甲申年北京陷落之日,他上吊殉国,被救下,后归顺了李自成。大概是因为就此被盖上"从贼"的戳,索性一而再再而三,先是降清,又依附多尔衮,据说还鼓动多尔衮篡位,同时又私下串联要恢复旧朝衣冠,总之行事很是反复诡谲,最终以"揽权、市恩、欺罔"等罪被问斩。

⑥疽发于背：

这个毛病说起来其实就是背上长疮，但熟悉中国历史的朋友们都会发现，许多著名历史人物，都是因"疽发于背"而死的，而且诱因多半是忧愤。

一方面是中医认为"疽重于痈，发者多死"，同时"膏肓"在背后肩胛之内，所以"疽发背，三岁童子知为膏肓之疾"，病入膏肓，焉能不死。

另一方面，随着越来越多的历史名人疽发于背而死，"疽发于背"也被赋予了某种政治意味，至少是与忧愤之情牢牢地联系在一起了。

所以冒襄这里说自己"疽发于背"，也未尝没有山河破碎、亲友凋亡的忧愤之情在其中。

十、纪谶

　　余每岁元旦，必以一岁事卜一签于关帝君前。壬午（1642年），名心甚剧（这一年冒参加科考），祷看签首第一字，得"忆"字。盖"忆昔兰房（雅室，后多指香闺）分半钗①，如今忽把音信乖。痴心指望成连理，到底谁知事不谐"。

　　余时占玩不解，即占全词，亦非功名语。

　　比遇姬，清和（四月）晦日（阴历每月最后一天为"晦"），金山别去，姬茹素归，虔卜于虎璺关帝君前，愿以终身事余，正得此签。

　　秋过秦淮，述以相告，恐有不谐之叹，余闻而讶之，谓与元旦签合。时友人在坐，曰："我当为尔二人合卜于西华门（南京明故宫宫城西门，有关帝庙，据传甚灵验）。"则仍此签也。姬愈疑惧，且虑余见此签中懈，忧形于面，乃后卒满其愿。

　　"兰房""半钗""痴心""连理"，皆天然闺阁中语。"到底”“不谐”，则今日验矣。

嗟呼！余有生之年，皆长相忆之年也。“忆”字之奇，呈验若此！

姬之衣饰，尽失于患难，归来澹足，不置一物。戊子七夕，看天上流霞，忽欲以黄跳脱②摹之，命余书“乞巧”二字。无以属对，姬云：“曩于黄山巨室，见覆祥云③真宣炉，款式佳绝，请以‘覆祥’对‘乞巧’。”镌摹颇妙。越一岁，钏忽中断，复为之，恰七月也。余易书“比翼”“连理”。

姬临终时，自顶至踵，不用一金珠纨绮，独留跳脱不去手，以余勒书故。长生私语，乃太真死后，凭洪都客述寄明皇者④。当日何以率书，竟令《长恨》再谱也！

姬书法秀媚，学钟太傅，稍瘦，后又学曹娥。余每有丹黄，必对泓颖，或静夜焚香，细细手录。闺中诗史成帙，皆遗迹也。小有吟咏，多不自存。

客岁（去年）新春二日，即为余抄写全唐五七言绝句（疑为刘克庄所编《唐五七言绝句》）上下二卷。是日偶读七岁女子“所嗟人异雁，不作一行归”之句⑤，为之凄然下泪。至夜，和成八绝，哀声怨响，不堪卒读。余挑灯一见，大为不怿（喜悦），即夺之焚去，遂失其稿。

伤哉！异哉！今岁恰以是日长逝也。

客春（去年春天）三月，欲重去盐官，访患难相恤诸友。至邗上（扬州），为同社所淹（淹留，挽留，逗留）。时余正四十，诸名流咸为赋诗，龚奉常（龚鼎孳，见前注）独谱姬始末成数千言⑥，《帝京篇》⑦《连昌宫》⑧不足比拟。

奉常云："子不自注，则余苦心不见。如'桃花瘦尽春醒面'七字，绾（wǎn）合（牵线联结）己卯醉晤（1639年，冒襄第一次见董小宛）、壬午病晤（1642年，冒董重逢）两番光景，谁则知者？"余时应之，未即下笔。

他如园次⑨之"自昔文人称孝子，果然名士悦倾城"、于皇⑩之"大妇同行小妇尾"、孝威⑪之"人在树间殊有意，妇来花下却能文"、心甫⑫之"珊瑚架笔香印屧（xiè）（鞋底、木屐），著富名山金屋尊"、仙期⑬之"锦瑟蛾眉随分老，芙蓉园上万花红"、仲谋⑭之"君今四十能高举，羡尔鸿妻佐春杵"、吾邑徂徕先生⑮（cú lái）"韬藏经济一巢朴，游戏莺花两闇和"、元旦（李旦，字符旦，徂徕先生之子）之"娥眉问难佐书帏"，皆为余庆得姬。

讵谓我侑卮（yòu zhī）（侑卮：一种酒器，引申为劝酒之意）之辞，乃姬誓墓⑯之状耶？读余此襍（"杂"的异体字）述，当知诸公之诗之妙。而去春不注奉常诗，盖至迟之今日，当以血泪和隃糜（yú mí）（古县名，在今陕西千阳县，曾以产墨著名，后世以"隃糜"代指墨）也。

三月之杪（miǎo）（年、月或四季的末尾），余复移寓友沂⑰（赵而忭，字友沂）友云轩。久客卧雨，怀家正剧。晚霁，龚奉常偕于皇、园次过慰，留饮，听小奚（小奚奴，年幼的男仆）管弦度曲。时余归思更切，因限韵各作诗四首[18]，不知何故，诗中咸有商音（古代五音宫商角徵羽，其中商音凄怆，所谓"听商如离群羊"，以为哀音）。

三鼓别去，余甫着枕，便梦还家，举室皆见，独不见姬。急询荆人，不答。复遍觅之，但见荆人背余下泪。余梦中大呼曰："岂死耶？"一怵而醒。姬每春必抱病，余深疑虑，旋归，则姬固无恙，因间述此相告。姬曰："甚异！前亦于是夜梦数人强余去，匿之幸脱，其人猖猖不休也。"讵知梦真而诗谶咸来先告哉？

（姬病状与永诀语详载哀辞，不复述，不忍复述。[19]）

①分半钗：

钗这种首饰，是用两股簪子绞在一起的，所以分开的半支钗子叫"一股"，古人多将分钗与断带或破镜合用，比喻夫妻、情人分离。最有名的大概就是白居易《长恨歌》中的那一段——

回头下望人寰处，不见长安见尘雾。

惟将旧物表深情，钿合金钗寄将去。

钗分一股合一扇，钗擘黄金合分钿。

但教心似金钿坚，天上人间会相见。

②黄跳脱：

即金跳脱，"跳脱"就是"钏"，分"臂钏"和"腕钏"，又名臂钗、臂环、条脱、条达。一般认为是几个镯子合在一起称为"钏"，事实上不是简单地合在一起，而是连缀成类似弹簧的样子；一说"跳脱"就是专指这种弹簧状的臂钏。

③覆祥云：

前面说过，宣德炉用的是"风磨铜"，一种铜金合金，而具体铸造过程中，混合的不仅是金和铜（这个铜是指红铜），还有银、锡、铁、青铜、黄铜等其他金属。总之，铸造过程中混入金属的类别和比例不同，使宣德炉呈现出不同的颜色和花纹。

清末古文藏家赵汝珍总结宣德炉有"四十二色"，其中一色为"鎏金色"，鎏金是一种金属加工工艺，将黄金溶于水银，而后均匀涂抹到金属器物表面，再高温烘烤使水银挥发，而黄金渗透附着于器物上，形成黄金镀层。

宣德炉的鎏金色有六种：全体流金者曰"赤金纯裹"，赤金流下半部者曰"涌祥云"，流上半部者曰"覆祥云"，只流中腰者曰"金带围"，金带围点染朱砂斑者为"金带石榴红色"，施之于金带围者曰"金带仙桃"。

④长生私语，乃太真死后，凭洪都客述寄明皇者：

用"比翼鸟"和"连理枝"来比拟恩爱夫妻自古有之，但使之带上不祥意味的，应该还是《长恨歌》最后的几句——

临别殷勤重寄词，词中有誓两心知。

七月七日长生殿，夜半无人私语时。

在天愿作比翼鸟，在地愿为连理枝。

天长地久有时尽，此恨绵绵无绝期。

⑤七岁女子"所嗟人异雁，不作一行归"之句：

这首诗的题目是《送兄》——

别路云初起，离亭叶正飞。所嗟人异雁，不作一行归。

作者是武周年间一位七岁的女子，关于她的姓名和生平，再没有其他记载。只说这位小朋友是南海郡（今广州一带）人，七岁能诗，武则天召见，其兄送之，武则天命其作诗，恰与兄别，应声而成。武则天读了此诗，深受感动，就让她和兄长一起回去了。

⑥龚奉常独谱姬始末，成数千言：

诗名《金闺行为辟疆赋》——

暮春柳花吹雪香，故人坐我芙蓉堂。酒酣烛拨诗思歇，欲言不言还进觞。
共请故人陈凤昔，十年前作金闺客。朱弦锦瑟正当楼，妙舞清歌恒接席。
是时江左犹清平，吴越美人争知名。珊瑚为鞭紫骝马，嫣然一笑逢倾城。
虎瞵明月鸳鸯桨，经岁烟波独来往。茶香深闺玉纤纤，隋珠已入秦箫掌。
窦霍骄奢势绝伦，雕笼翡翠可怜身。至今响屧廊前水，犹怨苎萝溪上春。
临风惆怅无人见，双成烟雾回鸾扇。绮阁青灯伴药炉，桃花瘦尽春醒面。
横塘风好不回船，锲臂缘深子夜前。促坐已交连理树，同心宁学独枝莲。
桃叶渡江还用楫，龙舟锦缆开欢魇。孙刘事去水汤汤，金焦两山飞蝴蝶。
登山临水送将归，裹粉亲沾游子衣。木系斑雏人独去，啼僧乌桕手难挥。
憔悴空闺衣带缓，刀环梦逐征鸿断。桂华清露碧成团，鸣榔到日秋光满。
乍离乍合事无端，不赠当归赠合欢。侠骨自能轻远道，长思不待祝加餐。
尔时结交多畏友，正色相规言不苟。幡然意气重金钗，急之勿失真佳偶。
片帆云下舞衣斑，又载明珠江上还。风雨熟轻扬子渡，车轮长转望夫山。
殷勤为信玄霜约，四海肝肠谁可托。翩然一片有心人，义重思多沁香泽。
黄衫骢马此缘奇，玉镜台前鬓影移。岂有鸾才堪浪掷，百年天意在蛾眉。
七宝装车九霞幔，支机星采摇银汉。雍睦能调妙洳琴，幽贞对举梁鸿案。
南陔天壤乐难支，鸠杖相扶上寿时。花竹一门封太古，始知佳妇似佳儿。
风尘动地人蓬转，潘鬓萧疏沈郎倦。桃笙玉臂自支援，患难深情于此见。

影梅庵忆语

牙签细轴尽经营，余事文人标格清。花里抽毫香博士，林中掠鬓女书生。
辟疆约略言如此，双颊津津犹未已。黄鸡三唱晓缸青，浮白高歌送吾子。
忆君四十是明朝，清酒平原兴已饶。一下缑山黄鹤背，扬州桥下听吹箫。
人生此日称强仕，萧然独著名山史。柴桑岁月义熙余，薇蕨山川朴巢似。
餐霞吐玉剩风流，南岳西川万里游。子安年少推才子，今日相逢未白头。
旗亭好句双鬟谱，寒食东风动人主。羽猎长杨又一时，谁令英雄老歌舞。
尽道元方孝友偏，平生隐德梦中传。板舆裋褐清门里，千尺松筠结大年。
更起为君酌一斗，神仙游戏藏花酒。不须遥羡白云乡，栖乌各有长干柳。

（gōu 标注于"缑"字上方；shù 标注于"裋"字上方）

⑦《帝京篇》：

　　唐代诗人骆宾王所作长诗，极言唐朝帝京的宏伟繁华与奢侈风流，亦
有对时局的忧患和怀才不遇的感伤，非常契合这一批经历了明末江南繁华
与随后风流云散的才子名士的心情。

⑧《连昌宫》：

　　即《连昌宫词》，唐代元稹所作，通过一个"宫边老翁"的经历，记
述了"安史之乱"前后唐朝由盛转衰的沧桑变迁。

　　连昌宫是唐代皇帝行宫之一，在河南寿阳（今宜阳）。

⑨园次：

　　吴绮，字园次，号听翁。江南才子，号称五岁能诗，与冒襄等人交好，
多有诗文唱和。

　　明亡后仕清，官至湖州知府，以清廉强干闻名，同时收拢资助了一些
明末义士的后人。因为为人"多风力、尚风节、饶风趣"，被称为"三风

太守"。后因忤上罢官,归江南,诗酒游历而终。

从吴绮往下,冒襄忽然来了一波"回忆杀",一众老友纷纷出镜,且不说他们都是冒董之恋的围观群众,这些朋友之后各自的人生,细细看来的话,也是很让人感慨的。

⑩于皇:

杜濬,字于皇,号茶村。明崇祯时太学生,家贫,流寓江南,才华出众,与当时名士往来唱和,与冒襄尤为知交,曾为《影梅庵忆语》作点评。

明亡后,杜义不仕清,曾写信劝欲赴清廷征辟的好友"毋作两截人",钱谦益来访,他闭门不见。坚守贫困而终,身后萧条,依靠朋友资助才得以入殓。

⑪孝威:

邓汉仪,字孝威,号旧山。明末才子、学者。明亡后闭门隐居,"千古艰难惟一死,伤心岂独息夫人"就是他所作诗句。

康熙十七年被强征博学鸿词,考试时故意不按格式作答,以期落榜。却因为康熙示意这次博学鸿词科中,年老而名盛者,破格赐内阁中书舍人衔,邓恰在其列,不得已在清廷挂了个虚衔。邓坚持不领实差,返乡继续隐居,编辑《天下名家诗观》。

⑫心甫:

黄传祖,字心甫,和之前面几位不同,他的名气更在于诗学和诗论,明末即选编《扶轮集》,意在匡正诗坛风气,入清后继续编辑《续集》《广集》《新集》,规模宏大,颇具开创精神。

然而遗憾的是,尽管黄的诗论和选集影响深远,他本人的诗集却未能传世,甚至生卒年和生平也湮没不闻。

⑬仙期：

柳遇，字仙期，生卒年不详。与前面几位又不同，柳是以画出名，尤其擅长界画（中国画的一个分支，大致说来就是有建筑及生活细节的山水人物工笔，因为画建筑和家具用到界尺，所以称为"界画"），被认为才华不在仇英（字实甫，号十洲，明代大画家，与沈周、唐寅、文徵明并称"明四家"）之下，有画作传世。

⑭仲谋：

彭孙贻，字仲谋，号茗斋，又是一个自幼便有盛名的大才子，科考屡屡拔得头筹，名士陈子龙（字人中，明亡后率门人在太湖一带集结义士，坚持抗清，失败后投水殉国）曾说"恨彭生不得出吾门"，彭感其赏识，遂称弟子。

然而未及中举，明朝灭亡，彭闭门谢客，侍奉母亲，虽然因为文名太盛，以及同族兄长彭孙遹应康熙十八年博学鸿词科得第一，彭屡屡被征召，但他以事母为托词，坚决不仕清，不惜与诸多亲友断绝往来，去世后，门人私谥为"孝介先生"。

⑮徂徕先生：

李之椿，字大生，号徂徕，如皋人，年纪较大，比冒襄他们长一辈（侄子李鼎是冒襄的姐夫），因此冒襄在这里称他为"吾邑徂徕先生"，后面跟着的李旦（字符旦）是其长子。

李之椿是明天启年间进士，与王思任、倪元璐、黄道周、王铎合为"天（启）崇（祯）五才子"，授吏部主事，因直言被黜归乡。

明亡后，他任弘光朝光禄寺卿，因不满弘光朝的乌烟瘴气，辞官回乡，积极参与民间抗清运动。一度被捕，出狱后联络永历政权，受诏与各地反清势力串联，密谋起事，其子李旦也积极参与。后因家仆告密，事情败露，李家被抄，李之椿父子被斩，一同赴死的义士有四十多人。李之椿之妻许氏绝食死，其孙李仙客被义士柏仲祥救出，惜终未能逃脱，柏被斩，李仙客没为奴籍。冒襄多方奔走，只救出其弟李之柱和其侄李鼎，二人后改姓张以避人耳目。

⑯誓墓：

冒襄这里又乱用典故了。

故事出自书圣王羲之，他和上司合不来，辞职归家，在父母的墓前写下《誓墓文》，表明自己不再出仕的决心。后世便用"誓墓"指代去官归隐。

当然，也许明末"誓墓"一词有吊唁文字的意思，但我还是倾向于认为冒襄这里想当然不求甚解地用错了典故。

⑰友沂：

赵而忭，字友沂，和吴绮、冒襄皆为至交，赵的儿子还是吴的女婿。但他的经历又与前面诸人不太一样。

其父赵开心（字灵伯），明崇祯年间进士，官至兵部员外郎，明亡仕清，官至左都御史。赵而忭似乎是在南明之后的隆武朝应试为举人，但赵开心特别上书希望允许自己的儿子参加清朝科举（这是被爹坑了啊），结果被驳回，连赵开心一起被免职，永不叙用。当然后来还是重新起用了，一路做到工部侍郎，加工部尚书衔。（所以冒襄文中这次聚会，赵而忭不在，应该是被他爹拎到京城去了。）

之后赵而忭虽然没能参加科考，但还是靠着父荫做了中书科中书（一种备选的名誉官职），后来似乎是被陶汝鼐（字仲调，明末名士，明亡后经历弘光、永历两朝，顺治十年因谋逆被捕，经多方营救才出狱，落发为僧）案牵连，下狱或流放，康熙元年即去世了，吴绮收养其子，并以女妻之，可见赵多少还是心怀旧朝的。

即使是其父赵开心，似乎是曲意事清，但也曾因为故明太子案（顺治元年，有自称故明皇太子之人被捕，令故明贵妃袁氏及故东宫官属内监等视之，皆言不相识。但其人及相关十五人仍被斩）中，他说"太子若存，明朝之幸"，差点被一起处死。所以说改朝换代之际，这些处在"灰色地带"的"灰色人物"，真的是很难一概而论啊。

⑱限韵各作诗四首：

冒襄所作为《雨后同社过我斋齐听小奚管弦度曲顿发归思兼怀友沂即席限韵四首》——

其一：闲庭细雨静露花，小醉翻呈面面霞。怨曲似闻江上笛，残春犹自梦还家。故人留榻贻孤客，潇水横烟满四涯。裂帛一声悲瑟起，枫香绝调语蝉纱。

其二：游踪大抵似旗亭，远岫萦人未了青。老落莺花徒溅泪，浮沉沧海不如瓶。荒鸡夜叫茅栖雨，羁客心通渭水星。对景怀湘芳思杳，不堪回首酒难醒。

其三：追随风雨不嫌多，翠螭摇光任放歌。杜宇叫春归路曲，洞庭厌月炤颜酡(zhāo)。当杯莫放愁应拒，选句频窥夜若何。猿臂短横鹍(kūn)铁拨，虚堂怨响奏回波。

其四：相思一夜长春条，百啭流莺谱洞箫。入室闻如人自远，隔年相过事非遥。金荷上蚁催红拍，宝粟横云忆绿幺(qū)。三月春归归未得，天风忽送广陵潮。

⑲姬病状与永诀语详载哀辞，不复述，不忍复述：

《影梅庵忆语》自此戛然而止，并未正面记述董小宛之死，这也是为什么后世会有关于董小宛结局的各种离奇猜测。

当然，其中最离奇的就是她被人掳走（有人说最后她做的这个梦，并非是梦，而是以梦写真实情形），献给顺治皇帝，是为董鄂贵妃，而董小宛的墓为衣冠冢。甚至传说董后来又诈亡逃回，而清廷疑心冒襄后来的一个妾即是逃回的董小宛，还曾派大内高手来刺取此人的血以验之，又有忠心护主的婢女代董受伤，因此验血不合云云。可见编狗血离奇的段子，并非当今写手的特长，而是从来如此。

事实上，冒襄在《影梅庵忆语》最后一段，写了这么一句话"姬病状与永诀语详载哀辞，不复述，不忍复述"，只是有些版本没有收录罢了。

董小宛去世后六十五天，冒襄写了一篇《亡妾秦淮董氏小宛哀辞》，这篇哀辞颇长，而且内容与《影梅庵忆语》多有重复，所以附录于后，就不再多作注解了，有兴趣且有余力的读者可以读一读，体裁不同，又是一番感受。

这里仅仅选"姬病状与永诀语"的部分，作为补完——

拮据瘁（劳累）瘏（患病），子抱小极（困倦，小病）。神疲环应（言精神不济，仍为众人所倚，需多方回应事务），多事少食。凤婴（遭受）惊悸，肝胆受伤。（这一段写小宛的病症还是从逃难受惊受苦、照料冒襄疾病操劳操心，以及日常操持各种事务疲惫而来的。）

恒于春半，瘦削肌香。祸触风寒，季夏十七。沕（水涌状）哉沈緜（"沈緜"，亦作"沉绵"，久病缠绵不愈），遂成痰（热病）疾。痰涌血溢，五内崩舂。虚焰上浮，热面霞烘。转于扶持，益怜愁黛。隐痛茹荼，冀终厥爱。蓡（同"参"，人参）苓杂投，无补真损。长夜瘁瘹，朝起内忍。（这一段写小宛病势渐渐沉重，似乎是某种热病，如肝肺受损，但一直隐忍，也没有得到有效的治疗和调养。）

移居静摄，举室含凄。秃衫倭髻，犹掠豪犀（鬓刷）。位置黄花，淡妆述影。频移绛蜡，详审逸靓。子虽支吾，余怀深恫（恐惧）。环步迷滂（同"漫"），萦思惛（同"昏"）憀。（这一段是写小宛病中仍很在意自己的形象，如《忆语·纪茗香花月》中所记载抱病影菊的故事，而她仍然对冒襄隐瞒病情，而冒襄已经有所察觉，深感不安。）

恰逢小试，携儿邗关（扬州）。屡趣我行，经月乃还。三日细缄，平安频报。岂知自饰，慰我焦躁。（这段是写顺治七年，即1650年，冒襄带儿子冒禾书和冒丹书到扬州参加乡试，小宛怕他牵挂，在信中只报平安。）

初腊驰旋，刃眼（目光犀利）一见。脂玉全削，飘姚（同"飘摇"）徒倩（行动需要搀扶）。一息数嗽，娇喘气幽。香喉粉碎，靡勺不流。火灼水枯，脾虚肺逆。呼吸泉室（如泉被窒，言呼吸困难），神犹媿媰（^{guī huā}娴静美好）。无可救药，展转寻生。（这一段是写腊月冒襄赶回家中，小宛已经病势沉重，无药可救。）

追维（也作"追惟"，追忆、回想）既往，孰慝（灾害、阴邪之气）逢屯（屯卦，为下下卦）。怆淹除夕，痛捧心未。情海沸枯，始求利割。涕泗把手，永诀至言：（这一段是写小宛弥留之际，后面便是临终之言。）

老亲两子，兼育幼昆（冒襄有两个弟弟，一名冒褒，一名冒裔，皆是庶出）。君之一身，关系最大。勿以琐琐（不重要的事，这里董小宛指自己之死），遂为君害。我不忍死，君不可病。我死君病，谁娴（熟悉）温凊（^{qìng}冬使温，夏使凊，即悉心照料）。（这一段，小宛说冒襄身系全家，不要因为自己的去世而伤怀，影响健康。并担心她死之后，冒襄若病倒，无人再像她一样悉心照料。）

微身等金，微言等箴（箴言，良言）。身不能生，言犹足存。我目如电，鉴君一线。稔（^{rěn}熟知）其隐微，相观冥善。所恨夭折，未觏（同"睹"）^{dǔ}鸿（大）昌（兴盛）。（这一段，小宛说自己虽然人微言轻，但还请冒襄记住她的话，她始终相信冒的节气和善良，终将被世人所知，并遗憾自己不能看到冒襄及冒家未来的好气运。）

岳峻海深，君思难偿。万顷廖廓，魂去何之。倘不飘散，灵旗（魂幡，出殡时所用一种幡旗，以引领灵魂）四随。七尺（身躯）之外，罔需一物。衣缟簪犀，耳边诵佛。（这一段，是小宛交代后事，遗憾未能与冒襄相守，愿魂魄相依，以及装殓和葬礼要简单。）

乃踰（^{yú}同"逾"，逾越）元旦（大年初一），意寂声吞。小有问答，不语销魂。翌辰（第二天早上）俛（^{fǔ}同"俯"）首，一线再诀。（这一段是写说完临终之言，小宛仍未离世，经过初一，到初二时再次诀别。）

昨拟速去，爱根斩绝。履端（正月初一）献吉，椒筵（椒花筵，即年饭，旧俗正月初一进椒酒于长辈）承欢。团圆堂上，忍令抚棺。以此弥留，苦牵一宿。求见慈尊（母亲，小宛母亲已经去世，这里应当是指冒襄的母亲），即瞑吾目。（这一段，写小宛解释自己心中有牵挂，不忍离世，因为恰逢新春，不愿在团圆之日让家人难过，并求见婆母，而后才能瞑目。）

泣讯老母，恐增凄伤。姑与迟迥(和缓迂回地说)，竟日相望。灯紫冷翠，人忽游仙。悲极碧落，恸到黄泉。（这一段似乎是写冒襄怕母亲伤心，没有立刻说出小宛弥留，因此小宛牵挂了一天，最终是否见到，没有写清楚，只写天色渐晚，灯烛光冷，小宛离开人世。）

西河九节（传说汉甘泉宫中有九茎金芝，后指代仙草），东海三芝（三芝指东海仙山上的三种瑞草：参成芝、木渠芝、建木芝，食之皆可长生）。匪彼神人，谁与子医。计子之年，才蹫廿七。（这一段是冒襄痛惜董小宛二十七岁华年早逝。）

后记

围观三百年前那段"不完美爱情"

这个故事，怎么看都没道理不是一段完美的爱情故事。

我们先看背景：明末、江南。

——只这四个字，就似一幅画卷徐徐展开，繁花似锦，纸醉金迷。

那是古代物质文明高度发达的时间和地区，有着可说是当时世上最闲适优雅的生活享受，以及中国历史上不常见的宽松恣肆的社会风气，城市活力四射，文化艺术前所未有的平民化和世俗化，充满了人间烟火气。

随意剪取一段当时人的回忆，便可想见那种繁华、自在与奢靡，"画船箫鼓，去去来来，周折其间……朱栏绮疏，竹帘纱幔，夏月浴罢，露台杂坐，两岸水楼中，茉莉风起动儿女香甚。女客团扇轻纨，缓鬓倾髻，软媚著人……船如烛龙火蜃，屈曲连蜷，蟠委旋折，水火激射。舟中鳞铗星铙，讌（sān）（聚谈；通"宴"）歌（yàn）弦管，腾腾如沸。士女凭栏轰笑，声光凌乱，耳目不能自主……"

（张岱《陶庵梦忆》）

在此岔开一段，澄清读者诸君可能会有的一个误会。

今人读史，读到的是浓缩过的时间和选择过的事件；所以，到明末一段，只见目不暇接的边患、天灾、阉祸、党争……风雨飘摇、岌岌可危。但事实上，当时的人们，在自己所处的小环境里，依然在生老病死、婚丧嫁娶地过日子，家境好的年轻人照旧出游、饮宴、求学、恋爱、斗鸡走狗、吟诗作赋……我们不能因此就说他们没有眼光和心肝，在摇摇欲坠的华厦中醉生梦死，看不到即将到来的狂风暴雨、天崩地裂。

理由很简单：他们不是我们。

他们眼前没有厘清的时间线、写成的史书和盖棺定论的人物事件。身当其时其地的每一个人，只能就自己所在的位置，于自己目光所及的范围内，以自己的眼界和理解向前摸索。

我们故事里的男主，也就是这样一个寻常人，故事开始时，在明末的江南，过着他诗酒风流的小日子。

男主：冒襄，字辟疆，号巢民，一线当红名士。

当时的名士，有点像后世的名媛，通常挂一两个才子、学者、诗人、艺术家或是社会活动家的 title（头衔），大部分也积极谋求功名，但更重要的还是看家世、个人素质和影响力。

冒公子虽然出身小地方——江苏如皋，但冒家却是如皋第一世家和豪族。据冒襄后人冒广生撰写的《如皋冒氏得姓记》，"冒"姓来自元朝国姓孛儿只斤，如皋冒氏是忽必烈第九子镇南王脱欢的后人。

到冒襄出生时，冒家已经完全汉化为一个世卿世禄的诗书大家。小冒家世既好，个人素质也很过关，不管是才华学识，还是品位审美，乃至交际手腕，甚至容貌风度，都相当能打，稳稳跻身当时的顶级偶像天团，与陈贞慧、侯方域、方以智并称"明末四公子"。

这里需要说明一下，他们四位最初只是被称作"复社四公子"或"金陵四公子"，还是比较小范围的 F4。但也许是当世没有可与之比肩的男团，而他们在明末清初的表现也实在亮眼，渐渐就晋级为"明末四公子"了。

说句公道话，在"明末四公子"中，小冒是比较不精彩的一个。但就算他在四个人里吊尾车，那也是全国新生代名士的前四名不是？

况且以我个人不甚可靠的考证，"四公子"若只论姿容相貌，小冒应该是能排到第一的。

虽然大家都是公子，但时人记载中提及容貌出色，且被老一辈名士，比如董其昌、陈继儒盖戳认证为"美人"的，只有小冒一人。所谓"姿仪天出、神清彻肤"，所谓"东海秀影"，据说但凡见过他的姑娘，"有不乐为贵人妇，愿为冒子妾者无数"。

当然，这似乎也更证明四公子中他比较纨绔和无聊，在随后的历史正剧中，较之其他三人的作为，小冒确实酱油了一点。但若是以爱情故事而论，倒是没有比他更胜任的男主角了。

明末的风气，对年轻人相当纵容欣赏，江南一带又富庶繁华，所以有一票这样家世优越、衣食无忧、才华出众的公子们，得以自由率性地游学、结社、交友、胡闹和恋爱。

是的，恋爱！那也是中国历史上难得一见的，有可以称之为"恋爱"的男女关系广泛存在的时期。

似乎是林语堂说过，中国古代，话本和传奇不算，真正的恋爱，要么在早熟的表兄妹之间，要么在秦楼楚馆、舞榭歌台之中。

于是，在明末的江南，作为这些才子名士恋爱对象的，是色艺双绝、艳帜高张的名妓。时代风气对以美丽和才艺事人的出色女子，同样格外宽容，抱以前所未有，之后也再未有过的欣赏和尊重。

更为难得的是，当时的审美十分多元，美人们姿容、性格、才情、爱好、志趣和生活方式各异，却都有各自的爱慕者、追求者、狂热粉丝甚至 stalker（跟踪狂、私生饭），就在江南的烟柳和繁花之间，上演着一幕幕浪漫华丽的爱情悲喜剧，其大胆、热烈、痴缠和荒唐之处，令人瞠目结舌。

虽然美人如云，各花入各眼，还是有一张不知怎么评出来的榜单在坊间流传，那便是"秦淮八艳"。——当然，这样的榜单从来都会引起粉丝们的争议，但可以肯定的是，没有上榜的，未必不是名花倾城；上榜的，却一定都是绝代佳人。

我们的女主，就是与马湘兰、柳如是、陈圆圆、顾横波、卞玉京、寇白门、李香君并列"秦淮八艳"的董小宛。

董小宛，名白，字青莲，又字小宛，根据时人记载，"七八岁，母陈氏教以书翰，辄了了。年十一二，神姿艳发，窈窕婵娟，无出其右；至针神曲圣、食谱茶经，莫不精晓。"又说她"性爱闲静，遇幽林远涧，片石孤云，则恋恋不忍舍去。至男女杂坐，歌吹喧阗，心厌色沮，意弗屑也"。似乎是个内心丰富、外在高冷的姑娘，会对着片石孤云恋恋不舍，还有点不通世事的娇憨。

两人最初相遇，应该就是她这种娇憨和冷淡，吸引了小冒。"从兔径扶姬于曲栏与余晤。面晕浅春，缬眼流视，香姿玉色，神韵天然，嬾慢不交一语。余惊爱之，惜其倦，遂别归……"

看上去仍然是一个相当完美的爱情故事的开始，对不对？然而，当你再认真深入一点去了解这个故事，就会发现似乎并非如此。

关于小冒与小宛的故事，世间有各种传说和演绎，有的清纯，有的凄美，有的曲折离奇，还有的脑洞大开到让人无法直视……但不管怎样，大家众口一词：他们是一见钟情，再见定终身，就是彼此的真命天子。小冒自己在《影梅庵忆语》的序言中，也说小宛"顷盖矢从余"——一瞬间就认定了他。

然而，正是这本《影梅庵忆语》，关于这两个人的故事最"原生态"的文本。我第一次读到，就有某种"不完美"的不确定感挥之不去，之后每读进去更深一点，这种"不完美"的不安、不满和不甘，就会更强烈一点。

这大概是我们接触到一些历史人物和事件的"原生态"文本时，不可避免的心路历程。世间传说总是萃取最纯粹的部分，并将之夸张放大，但历史真相却往往复杂许多，甚至与当下的是非和道德标准冲突，让人不快或不适。

遇到这样的情形，我们该怎么办？

合上书本只听传说也是不错的选择，世界已经如此复杂且并不全然友善，在传说里保留一点单纯的爱憎，寄托一点简单的向往，实在没有什么不好。

但我总觉得，如果有心、也有时间和兴趣的话，试着去接受人和事的本来面目，放下预设立场和主观印象，真正设身处地、推己及人地去感受事态的形成、发展和结局，以及人性中复杂幽微的部分，或许能获得更丰富而有质感的阅读体验和感悟收获。而在尽量尊重、还原事实的基础上形成的，真正属于自己的态度、观点和理念，也就更为扎实和厚重。

以及，有时候还会有不一样的、出乎意料的乐趣。

就像一本《影梅庵忆语》，如果放下对"完美爱情故事"的期许，敲开两位主角身上的光环，会收获到别样的趣味和感动。

甚至还有意想不到的、精彩的槽点。

现在，我们再来看小冒和小宛的初相遇。

当时小宛在金陵，与她齐名的美人有沙九畹、杨漪炤，小冒与她俩"日日同游"，就是总也见不到小宛，这才有了人们津津乐道的小冒反复求见，小宛半醉中和他打了个照面的场景。

所以小冒这边，怎么看都更像是集邮癖的强迫症。而小宛那边，之所以一直见不到，是因为她给钱谦益当伴游去了。

小冒固然是新生代名士，钱老可是老牌天团，与吴伟业、龚鼎孳并称"江左三大家"。比小宛风头更甚的柳如是，想方设法才嫁给了钱谦益。同团的龚鼎孳则娶了顾横波，吴伟业更是让卞玉京为了他断绝红尘……谁也不比小冒差什么呀。

至于和小冒的那一照面，我很怀疑她到底酒醒了没？看清了没？"余惊爱之，惜其倦，遂别归……"其实就是小冒灰溜溜地回家了吧。

三年后两人重逢，倒是都说当时一见，牵挂至今。可我瞅着都是客套话，因为就连这次重逢，也是小冒挂念另一个姑娘的意外结果。

　　《影梅庵忆语》第一篇《纪遇》，写他和小宛从初见到结成连理，一共三千多字，但在写到他和小宛重逢前，有一千多字都在深情款款地追忆陈圆圆。（惊喜不惊喜？意外不意外？）

　　不是我多心敏感，且看小冒第一次见陈圆圆："其人澹而韵，盈盈冉冉，衣椒茧时背顾湘裙，真如孤鸾之在烟雾。是日演弋腔《红梅》，以燕俗之剧，咿呀啁哳之调。乃出之陈姬身口，如云出岫，如珠在盘，令人欲仙欲死。"

　　何等的优美、淡雅、风致楚楚。相比之下，写小宛的那几句，就像是话本小说里四个字儿四个字儿铺陈的套话了。

　　就连和小宛重逢，也是因为失去了陈圆圆，小冒闷闷不乐，仍往两人曾经相约之处怀念。途中路过小宛住处，偶尔得知，一时兴起，也不管小宛抱病不见客，强行登门拜访——这就很恶少做派了。

　　更恶劣的是见到了，撩过了，他就想跑。小宛挽留，他说好好好明天再来。到第二天根本没打算践约。"友人及仆从咸云：'姬昨仅一倚，盖拳切不可负。'仍往言别。"

　　仆从啊！连个下人都晓得不带这么涮人家姑娘玩儿啊！要

是没有这友人和仆从，他是不是打算就这么溜了？隔着三百多年的时间，我都觉得实在看不过眼，差点把书摔将出去。

幸而（其实我不知道这里应该不应该说"幸而"），第二天小宛的操作更加神奇。

小冒仍然打算见一面就跑，"至则姬已妆成，凭楼凝睇。见余舟登岸，便疾趋登舟……曰：'我装已戒，随路祖送。'余却不得却，阻不忍阻……阅二十七日凡二十七辞，姬惟坚以身从。登金山誓江流曰：'妾此身如江水东下，断不复返吴门。'余变色拒绝……不得已，始掩面痛哭失声而别。余虽怜姬，然得轻身归，如释重负"。

摔！这是打算好好出演言情剧的态度吗？

更要命的是这样的戏码随后一而再再而三地上演。小冒抱定姑娘们痛恨的"三不"作风：不主动、不拒绝、不负责，且字里行间得意扬扬"你看你看美人追着我跑但是我偏不"，让我数次想要伸手进书页抓住小宛的衣领摇晃："你到底图啥？！"

小宛的应对之抓马也是一言难尽，又是孤身买舟千里追随，又是江中遇险命悬一线，又是风雨大作几乎罹难，又是词情哀婉地抢先向小冒的正室苏夫人坦白……最让我无语的是这么一出，"适奴子自姬处来，云：'姬归不脱去时衣，此时尚方空在体。谓余不速往图之，彼甘冻死'"。

可以说这是一往情深的痴绝——小冒显然就这么信了，但也可以说是不管不顾极端任性的情感绑架。

以及，往深里想想，小冒就真信了吗？

我觉得，不点破，是小冒的温柔；沾沾自喜地演绎成"美人见我误终身"，则是他的虚荣和傲慢。两个人都不是纸面上做好完美人设的角色，而是曾经活生生存在过的人，人性的复杂和人心的不可测，并不因为这是一个本该纯洁美好的爱情故事而改变。

明白了这一点，我们不妨再看看小宛究竟图啥。

这一年，她十九岁，母亲忽然去世，债务缠身，似乎还有豪强逼迫，加上时局开始动荡；虽然当时社会风气较为宽容，但一个出身风尘又不太通世事的女孩子，其实并没有太多选择。

小冒恰好在这个时候出现，又恰好是个合适的人选。小宛不管不顾抓住不放的，其实并不是一份感情，而是一个把人生从头来过的机会。

只是此时小宛还不知道，这世间的一切都有价码，我们所有的选择，或早或晚，以不同的方式，都要付出代价。在纷乱无助的时候，她以为自己选了一条捷径（——有什么比迅速抓住一个男人，然后把烂摊子扔给他更省事儿的呢），然而这世上并没有捷径，每一条路都不好走。

事实上，直到小宛摆脱了昨日种种，嫁给小冒，心愿得成，她仍然对这个人和这份感情没有一点信心。"始至，止不知何故不见君，但见婢妇簇我登岸，心窃怀疑，且深恫骇。"

所以我们看到，来到冒家的小宛，就仿佛换了一个人，她恭谨地侍奉长辈，做正室的左膀右臂，悉心温柔地照料家人，善抚仆婢。那个会对着片石孤云恋恋不去、见人懒慢不交一语的姑娘似乎是消失了，那个只想着把人生推倒重来，却不管给他人带来怎样的麻烦困扰的姑娘也看不到了。此时的小宛，隐忍、克制、乖巧、自省、妥帖，就仿佛一瞬间成长了起来，"凡九年，上下内外大小，无忤无间"。——但凡有点和人打交道的经验，都会知道，做到这样，需要付出何等心力。

我总觉得，于小宛，这或许根本不是一个爱情故事，而是一个关于选择和成长的故事。一个人，看清自己的选择需要付出的代价后，是要有一点勇气和韧劲来"认账"的。而我喜欢这样的勇气和韧劲，更胜过"公主嫁给了王子，从此幸福地生活在一起"的童话情节。

只是，作为三百年后的读者，我们仍然忍不住要问一句，那么一开始，小宛选对了没有呢？

种种迹象都表明小冒不是一个好选择，他自私、任性、怕麻烦，让人难以忍受地沾沾自喜，自我感觉良好。小宛松一松，他就享受一番温存；逼得紧一点，他就速速溜走。到后来，连身边的朋友们都看不下去了，大家集资、出人，去帮小宛摆平麻烦，让她赶紧嫁了小冒得了。

奈何此人也不靠谱，"不善调停，众哗决裂，逸去吴江"，把事情搞砸了就跑了。小冒那边居然装作什么都不知道"余复还里，不及讯"，就这么把小宛晾在那儿，"姬孤身维谷，难以收拾"……捂脸，这都什么人啊！要不是命运忽然给他们开了个金手指，我实在不看好这一对能成眷属。

最后还是小宛的"旧火焰"老牌名士钱谦益出手——大家还记得吧，就是前面小宛曾伴游的那位。"虞山宗伯闻之，亲至半塘，纳姬舟中。上至荐绅，下及市井，纤悉大小，三日为之区画立尽，索券盈尺。楼船张宴，与姬饯于虎疁，旋买舟送至吾皋。"

小冒啊小冒，我就纳闷他怎么好意思坦然地就这么写了。看看人家钱总，三天就搞定！妥妥帖帖，游刃有余。而他非但拖了十个月搞得一地鸡毛，人都送他家门口了，他还在躲！"时余侍家君饮于家园，仓卒不敢告严君……荆人不待余归，先为洁治别室，帷帐、灯火、器具、饮食，无一不顷刻具……姬在别室四月，荆人携之归。"最后还是正室苏夫人出来摆平的。

也难怪小宛要"心窃怀疑，且深恫骇"了，我看要不是钱总身边已经有柳如是，小宛也不稀罕回他如皋了！此时如果让读者票选，别说钱总，只怕苏夫人都比小冒更有担当，更值得托付终身。

然而我们说过，这不是一个精心编织的故事，是真实人物的真实人生，正如人生中的许多选择，你很难说清，甚至可能永远也无法弄明白，你的选择究竟是对是错。

小冒也是如此，他或许不是一个正确的选择，但我必须说，他也并不是一个错误的选择。

张爱玲说她儿时读《红楼梦》，读到第八十一回，便觉得"天日无光，百般无味"，所有的人与事都瞬间失去了光彩。不等胡适等一干大家考证，敏感的读者就分辨出了文字和文字背后心绪、性情和阅历的差异。

我读《影梅庵忆语》，却是前面读得气急败坏。然而到第五章《纪诗史书画》以后，忽然之间，整个文字都鲜活和明媚起来。

起初我以为是内容的缘故，小冒跳出了你情我爱家长里短，跳出了"看啊小宛多么美丽多么爱我，而我多么风流多么冷峻多么有格调……"的沾沾自喜，把他们一起读的书、选的诗、临的帖、做的笔记、收集的古玩字画、品的茶、焚的香、插的花、赏的月、尝的美食……不避琐屑，细细道来。隔着三百多年的时光，字里行间的芬芳与馥郁、清冽与甜美，仍然扑面而来。

那是一个人写到自己真正喜欢的人和事，自己真正珍藏的时光与感受时才会有的清凌凌的活气，以及饱含着爱意与眷恋的、温暖的人间烟火气。读者仿佛能够看到写下这些字句时，作者眼睛里的光，嘴角的笑，手指间轻快的动作，欢喜、俏皮、丰盈、轻巧、氤氲、蒙茸，等等，这样的形容词，也仿佛有了实体和质感，在书页间闪烁跳跃。

　　"每慢火隔砂，使不见烟，则阁中皆如风过伽楠，露沃蔷薇，热磨琥珀，酒倾犀斝之味，久蒸衾枕间，和以肌香，甜艳非常，梦魂俱适……历半夜，一香凝然，不焦不竭，郁勃氤氲，纯是糖结。热香间有梅英半舒，荷鹅梨蜜脾之气。静参鼻观，忆年来共恋此味此境。恒打晓钟，尚未着枕……"

　　这样的文字，有谁读到，不会觉得唇齿生香，心神摇荡；又有谁还会怀疑，写下这些文字的那个人，对这被宁静与芬芳环绕浸透的时辰，不是满怀感激，珍若拱璧；谁的人生中若曾有过这样的光景，不会将之收藏在水晶瓶子里，在往后的岁月里双手捧了来看？又有谁，从这弥漫着甜香与清芬的字里行间，读不到似乎是深藏，却无法隐藏的爱意。在所有这些风花雪月的生活点滴中，最打动我的是这一段，"余数年来欲裒集四唐诗，购全集、类逸事、集众评，列人与年为次第，每集细加评选……经营搜索，殊费工力，然每得一帙，必细加丹黄。他书中有涉此集者，皆录首简，付姬收贮。至编年论人，准之《唐书》。

姬终日佐余稽查抄写，细心商订，永日终夜，相对忘言……等身之书，周回座右，午夜衾枕间，犹拥数十家唐诗而卧……"

谁读到这里，能不怦然心动？"永日终夜，相对忘言"，却不是"忘"在彼此的美色欢娱或是轻怜蜜爱里，而是沉浸于相通的精神世界中。天地虽大，时光虽无边无涯，但他们有着属于自己的小小的追求与成就，哪怕终于散失，但只要存在过，就是值得的。

眷恋缱绻之情固然珍贵甜美，如果没有更坚实的支撑，往往难以持久，而"更坚实的支撑"，不仅在情人之间，在一切人与人的相处中，都是来自愉悦的交流、相通的兴致趣味，以及由此而来的尊重欣赏之情，对彼此陪伴的快乐之感和彻底的放松交托，"永日终夜，相对忘言"。

数年之后，小宛离开人世，回忆往事时，小冒写下了这样的句子："嗟乎小宛……非余爱妾，乃余之静友也……非仅余之静友，实余之鲍叔、钟期也。……天下有一人知己死而不憾者，故与子至情可忘，至性不可忘。衾枕可捐，金石不可捐。"此情此景，谁还能说他们不是神仙眷属？谁又能说小冒不是一个正确的选择？

所以，那个种种神操作让我屡屡捂脸不能直视的小冒，究竟是怎么成了这般翩翩浊世佳公子？如此清雅有趣、又如此一往情深。

当然，你可以说日居月诸，年岁渐长，人家总归是成熟起来了嘛。那我还觉得是小宛带来的惊喜呢，这个终于明白了"自己选的路，咬紧牙关也要走好"的姑娘，不仅有好好走下去的勇气和坚韧，更有着难得的心性和生命力，在跌跌撞撞磕磕绊绊的前四章之后，终于破茧成蝶，焕发出了光彩。

这些固然都没错，但有一个前提，我们看到的所有这些，都来自小冒的追忆文字，所有的光彩、生命力、活气，所有的温度、气息、质感，都是因为小冒看到了，感受到了。

他看到了小宛的成长和蜕变，既看到了她的隐忍，也看到了隐忍之下那个热爱生活和美的灵魂，并将之诉诸笔端。即使故事往后展开，不再是诗史书画、茗香花月，而是朝代更替之际的流离奔逃、国破家亡，直至最后生离死别，内容也不复轻快明媚，但文字间的鲜活和热度却一直保留着——那仍然是小冒眼睛里看到的小宛，以及与小宛一起身处的这个世界。

也许他是不够有担当，不够靠谱，总是在逃避，又总是沾沾自喜，但与此同时，他能看到，能感受到，能领略，能欣赏。

这似乎不算什么，却又弥足珍贵。

这世间多少美妙，就是因为不能被看到、被感到，而默默凋零，不留痕迹，仿佛未曾存在一样。在温顺恭谨，咬紧牙关重新做人的同时，那个对着片石孤云恋恋不舍的小宛，那个"针神曲圣、食谱茶经，莫不精晓"的小宛，其实一直还在。但如果小冒不能看到、感到、领略、欣赏，她也许就在"凡九年，上下内外大小，无忤无间"的完美外壳里默默消失掉了，一如许多曾经存在过，却不为我们所知的灵魂。

而我们的男主小冒，他看到了，感到了，记下了，也让我们看到了——不仅美好，而且真实。无论这份真实是有意为之还是无意得之，都让那份美好更加鲜明而清晰，也为我们所处的这个世界，增加了一抹温柔的亮色。

隔着几百年的岁月，我们仍要为此感谢那双"看到"的眼睛。

事实上，小冒一直有这样一双眼睛。

那还是他们的故事刚刚开始时，"姬送余至北固山下，坚欲从渡江归里，余辞之力，益哀切不肯行。舟泊江边，时西先生毕今梁寄余夏西洋布一端，薄如蝉纱，洁比雪艳。以退红为里，为姬制轻衫，不减张丽华桂宫霓裳也。偕登金山，时四五龙舟冲波激荡而上，山中遊人数千尾余两人，指为神仙。绕山而行，凡我两人所止，则龙舟争赴，回环数匝不去……竟日返舟，舟中宣磁大白盂，盛樱珠数升，共啖之，不辨其为樱为唇也……"

最初读到这一段，我是很有点撮火的：这都什么时候了，二十七天里拒绝了人姑娘二十七次！"阅二十七日凡二十七辞，姬惟坚以身从，登金山誓江流……余变色拒绝……始掩面痛哭失声而别……"然后你们还抽空没事儿人一样秀了个恩爱？

只能说彼时彼处民风还真是淳朴，这两人的言行，搁今天社交媒体上，能被喷成筛子。

回头再看时，我却忽然心软了：不然呢？

外国友人送的半透明细白布，裁成衫子，粉色衬里，被山间的微风轻轻吹起……就算她正在死缠烂打，他正在百般推托，这一身就不美了吗？引得满山游人追随，江上龙舟回旋不去，仿佛神仙中人，就不得意了吗？白瓷钵盛着新鲜樱桃，就不鲜艳欲滴了吗？美人尝樱桃，樱珠入唇的情形，就不是一幅画了吗？

人生不就是这样，层层叠叠深深浅浅的不如意和失去之间，总有吉光片羽的美好，细微、脆弱却顽强地闪烁，虽然看似于事无补，却值得也应该被看到，被珍藏。而很多时候，支撑我们的，不是只有那些坚固强大的东西，还有那些细小微末的美好之物。

明亡之际，江南一带兵燹杀戮尤为惨烈，与他那些慷慨赴死、风骨铮铮的师友亲朋相比，冒襄的应对仍然是比较软弱和"小我"的——小冒公子的本性并没有多少改变：多情、宽厚，胆识和气量却很有限。所以他能做的也很有限：保全家人，保全亲友，保全自己的清白和节气，保全亡故师友的家眷和后人，保全他无比珍视的生活方式，保全那些曾经在他生命中闪烁光芒、吐露芬芳的美好时光，不教它们被时代的巨浪拍碎湮灭，不教它们从自己的眼睛里消失。

保全那一双能够"看到"的眼睛，那一颗能够感受、欣赏和领略的心。

当然，读者似乎大可以说一句"还不够"。

比起那些明亡之际，真正用生命鲜血写就慷慨悲歌的义士与佳人，冒襄和董小宛的故事，仍然只是简单的、世俗的，甚至平凡的爱情故事而已。

但我总觉得，当黑暗降临，点起火焰甚至燃烧自己的人固然可感可敬，只护住一盏微弱的灯，捧着几点隐约的萤火的人，同样有他们的价值与可敬之处。

1645 年 5 月，南京陷落，钱谦益率众官开城跪迎清兵，江南义军纷起，苏州、昆山一带反抗尤其激烈，与冒襄同为复社中人的顾炎武、归庄等人都参与其中。昆山陷落后，顾炎武的生母断臂，两个弟弟被杀，嗣母绝食殉国；归庄的父亲遇害，两个嫂子自尽；同时罹难的共四万多人。随后，清军攻打冒襄的家乡如皋，当地壮士陈君悦、徐健吾、缪景先率义军抵抗，直至 1645 年 11 月上旬城破，死伤惨烈。

同一时间，冒家在海盐避难，冒襄重病，小宛"仅卷一破席，横陈榻边，寒则拥抱，热则披拂，痛则抚摩。或枕其身，或卫其足，或欠伸起伏，为之左右翼。凡病骨之所适，皆以身就之……更忆病剧时，长夜不寐，莽风飘瓦。盐官城中，日杀数十百人。

夜半鬼声啾啾，来我破窗前，如蜇如箭……倾耳静听，凄激荒惨，歔欷流涕……"长夜降临，有人拼死抗争，有人舍生取义，有人挣扎求生，有人竭尽心力照料所爱之人，有人痛哭流涕……这就是最真实的人生和历史。而时光流逝，泥沙俱下，当所有这些或永垂青史，或湮灭无闻之后，在一个简单的、世俗的、平凡的爱情故事里，我们看到了这样一个夜晚，一个瞬间，"余背贴姬心而坐，姬以手固握余手……谓余曰：'……人生身当此境，奇惨异险，动静备历，苟非金石，鲜不销亡！异日幸生还，当与君敝屣万有，逍遥物外，慎毋忘此际此语。'"

　　—— 一切终将过去，我们再重拾往昔的美好。

　　这是何等坚韧安详而宁静的力量，是何等微末却又强盛的生命力，是真正的知己肺腑之言，回忆至此，冒襄潸然长叹："噫吁嘻！余何以报姬于此生哉！"

　　小宛于二十七岁病逝。冒襄终年八十二岁，义不仕清，终身维持着他曾经的诗酒风流、饮宴唱和的生活。在他后来居住的水绘园中，总是高朋满座，佳人往来，仿佛往日江南如诗如画生活的投影，也成为后辈才子名士们的一个精神家园。

　　小宛的"此际此语"，我想，他应该是从未忘记的。

半枝半影

2019 年 11 月　于北京

附录

亡妾秦淮董氏小宛哀辞（有序跋）

序

　　嗟乎小宛！自壬午归副室，余与子形影交俪者九年。今辛卯献岁二日，长逝永别者，已逾六十又五日。

　　青天沉，碧海竭。阳翔晦，蕊渊缺。梅魂葬，幽兰啼。鹦鹉梦，杜鹃凄。此六十五日中，如中千日酒，如行万里云雾，如五官百骸散失，又荒荒然如痀蛊之难吐，与调饥之莫得。慕叫擗摽，恒若创痏，不知从古今世上人果有同阅此境景者。

　　嗟彼宋玉，亦有安仁。屡欲详述子生平，学为诔或歌诗以吊之。落笔则万缕杂沓缪辖，缠纠结不可理。往往笔花凝于血泪，意匠歧于猬毛，颓思蹇语，不能成文。

　　今子幽房告成，素旐将引，谨卜闰二月之望日，妥香魂于南阡矣。自今以往，棺冥埏窈，白日不朝，青松为门矣。能终无一言以酹祖道?

嗟乎小宛!定皎志于一言,殚芳心于九岁。非余爱姿,乃余之静友也。

余生平自负才识,虽浪得浮名,究竟未有殊遇,肝胆和盘,鬼神密许,人翻以太行见岨。独子先澄蚤识,后坚深信,中间间关险陷以及流离患难,疾病死生,不渝其志。子非仅余之静友,实余之鲍叔、钟期也。

天下有一人知己死而不憾者,故与子至情可忘,至性不可忘。衾枕可捐,金石不可捐。然终已矣!蕙帏无仿佛,岂枯管遂生精神哉!乃余拭泪溯洄,有不意得之子者,有不意失之子者。诚然无间,不复知天地间有何美好者。逌然瞿然,似微有负于子,子反不以我为负子者。

血丝一缕,倒为长河。于是锵楚挽唱,边箫徘徊,为之辞曰:

缅昔己卯,应制白下。一时名流,歌翻子夜。

双成十六,竞誉仙姿。怡情茂苑,莺燕参差。

九月菊船,浪游吴越。半塘秋好,三访明月。

洞庭霜绣,红叶留人。嗟我迟回,相思无因。

兴尽将返,婉晚一见。薄醉甜乡,惊回婉娈。

小立曲栏,兰云半嚲。烟视媚行,娿婪微唾。

玉色凝春,朝霞和雪。海棠欲睡,未言旋别。

子时一瞬，亦似怜吾。我归摇曳，寸心饥驱。

闻去西湖，兼遊白岳。车轮三载，重逢风约。

桐桥楼晤，病剧黄昏。萧懒数言，骤许姻盟。

转讶娇痴，相视而笑。岂繄侠识，静观我妙。

井水不澜，铁心匪席。之死靡他，金夫逌责。

虎嵝北固，秦淮窆江。劳劳往来，自买孤艭。

风勇盗锋，樯倾舟炭。零丁弱影，倩谁抱翼。

曾观画桨，并听桃叶。如鸟鹣鹣，似鱼鲽鲽。

刘黉下第，莱戏亲帏。子来我辞，彳亍空归。

闭影自誓，羞滑却尝。可怜秋暮，蝉纱御霜。

事不如意，十有八九。畴知偾辕，翻属吾友。

不有鸿公，孰起陷阱。袞袞横玉，黄衫相映。

葛藤中划，宛载湘烟。楼船唱别，共美神仙。

满愿偕余，澹情裙布。只此素心，无端灵悟。

管弦却御，冥契针神。女红小暇，泓颖独珍。

精理茗香，佐钞诗史。咸通微意，时苗芳旨。

碧拭篆鼎，玄披图画。瓶花绝慧，云笼烟亚。

旷谭山水，品藻人文。论今追昔，见逾所闻。

旁及饮食，膏红露碧。桃冻瓜凝，秋棠蜜渍。

琐瑟米盐，庞下春㸑。偶经部署，统循条贯。

适丰适俭，不谄不骄。诚敬和惠，人盉天陶。

老姑旭日，大妇水乳。上下内外，有憾咸补。

我心所向，迫的控弦。迟疑未发，巧得意先。

曾见子无，未必我有。不时相需，皆在左右。

一枕松涛，周围芍药。窈窕清深，阁菌房药。

酣春燕坐，草碧忘言。秘搜女逸，丽藻纤翻。

桂影露华，夜天玉础。纨扇流萤，接景生媚。

朴巢邃古，涌月涟漪。塞枝泛碧，清赏针磁。

所少憾我，不饮不奕。善为解嘲，鬐苏抗席。

密娱静好，匪夷所思。私语仁义，鬼神不知。

自谓此乐，尘世无两。老死是乡，庶惬幽享。

惨罹崩陷，身为众钮。严君窜迹，挈妻将母。

澄江秦海，两值盗兵。倒囊肢箧，电迅雷訇。

杀掠女男，几二十口。俯仰孤肩，颠连子后。

德甫书画，犹能秘藏。亲为抱负，身与存亡。

绵力莫赡，逼侧背卿。风规大义，自比微尘。

脱有不测，澡身江海。锋镝馀生，捐弃无悔。

骨肉重集，我病奄奄。灰心柴骨，面瘠如拳。

忽浸雪窖，温以绵体。忽绕火轮，沃以秋水。

剑攒芒刺，摩抚横陈。僵尸永夜，薰席其身。

百五十日，衣不解带。力竭精通，孤生蝉蜕。

雨泣风啼，林荒鬼啸。苦历殊境，并肩寂炤。

天佑归来，万有敝屣。物外人外，襞影可倚。

重整窗岫，大隐深闺。白云闲闲，缭绕双栖。

旧月旧花，载觞载咏。细字涛笺，俪形玉镜。

末世险巇，聚沨群洽。喜我莱屝，顺彼锋侠。

内屏潜听，时伺应酬。哑哑笑言，夜与讨求。

深更客至，必藏斗酒。银云柎柎，篝灯坐守。

我本握瑜，人诟为瑕。我本无垢，人巧于污。

惟子有言，不妨为卣，不妨为缶。神龙无首，贯珠妍手。

尤不易得，两阁同心。酿蜜融花，和瑟调琴。

天壤之间，乃有斯境。匪由强合，各钟淑性。

凡事未起，先与消融。即露行迹，冥漠为容。

太行千盘，遇子夷险。喜人魑魅，遇子不魇。

元和纯气，诞德与才。偕之逍遥，悠哉优哉。

转思恶梦，幸得醒时。一室三人，惊喜自疑。

痛定痛生，病馀增病。三载郁皤，逢彼枭獍。

血下数斗，疽发于背。迷惑殷忧，相视昏愦。

铄金不扇，露筋长宵。视于无形，察其所苗。

子之救我，剜心割肺。我之役子，众形百态。

只虑我毙，子失所天。濒死濒生，剑合珠圆。

拮据痒瘵，子抱小极，神疲环应，多事少食。

凤婴惊悸，肝胆受伤。恒于春半，瘦削肌香。

祸触风寒，季夏十七。沉哉沉緜，遂成痎疾。
痰涌血溢，五内崩舂。虚焰上浮，热面霞烘。
转于扶侍，益怜愁黛。隐痛茹茶，冀终厥爱。
参苓杂投，无补真损。长夜悴戚，朝起内忍。
移居静摄，举室含凄。秃衫倭髻，犹掠豪犀。
位置黄花，淡妆送影。频移绛蜡，详审逸靓。
子虽支吾，余怀深恫。环步迷漫，萦思愔愔。
恰逢小试，携儿邗关。屡趣我行，经月乃还。
三日细缄，平安频报。岂知自饰，慰我焦躁。
初腊驰旋，刃眼一见。脂玉全削，飘姚徒倩。
一息数啾，娇喘气幽。香喉粉碎，靡勺不流。
火灼水枯，脾虚肺逆。呼吸泉室，神犹娓娓。
无可救药，展转寻生。追维既往，孰愿逢屯。
怆淹除夕，痛捧心末。情海沸枯，始求利割。
涕泗把手，永诀至言。老亲二子，兼育幼昆。
君之一身，关系最大。勿以琐琐，遂为君害。
我不忍死，君不可病。我死君病，谁娴温清。
微身等金，微言等箴。身不能生，言犹足存。
我目如电，鉴君一线。稔共隐微，相观冥善。
所恨夭折，未睹鸿昌。岳峻海深，君恩难偿。
万顷廖廓，魂去何之。倘不飘散，灵旗四随。

七尺之外，罔需一物。衣缟簪犀，耳边诵佛。

乃逾元旦，意寂声吞。小有问答，不语销魂。

翌辰俛首，一线再诀。昨拟速去，爱根斩绝。

履端献吉，椒筵承欢。团圆堂上，忍令抚棺。

以此弥留，苦牵一宿。求见慈尊，即瞑吾目。

泣讯老母，恐增凄伤。姑与迟回，竟日相望。

灯萦冷翠，人忽遊仙。悲极碧落，恸到黄泉。

西河九节，东海三芝。匪彼神人，谁与子医。

计子之年，才逾廿七。相从几何，九岁瞬息。

中多颠沛，刚好四年。四年倒极，准当十千。

十千艳异，今化彩云。子归何处，我谁与群。

翼鸟迷林，比鱼失濑。朝不辨明，夕不省昧。

思子兼才，尤多隐德。施与无厌，解衣推食。

称量千金，鲜溢杪忽。周旋百事，细入毫发。

戚友聆风，叹为宜妇。家人佩暖，比之温肭。

澹泊丰厚，理享遐年。胡为脆促，乃在我前。

怛哉子言，不忍我病。我不可病，我宁可死。

我不可死，令子独死。自子之死，生趣渐尽。

有求弗得，有意谁徇。象高隐篆，兔瓷失香。

简编飘散，零落都梁。孤松长号，黄梅结蕊。

芝焚蕙叹，鹦鹉自毁。泪洒香奁，痛披笔墨。

湘紫十层，唐诗百幅。满目手泽，珊瑚琅玕。

霣庇凝怨，如环无端。炤车埋光，连城碎玉。

畴不伤逝，为余悼淑。荆妻茕茕，老母浩浩。

姊姑垂矜，汍澜相吊。冀逢无端，结想不梦。

灵有与无，何从幽洞。呜呼痛哉，呜呼伤哉！

春草方生，绮罗竟尽。琴瑟在御，泉途将宫。

有台有池，有庵有蓠。上荫五粒，下生连枝。

桃花为泥，黄绢为辞。虽艰血胤，永寿丰碑。

　　哀文积于胸臆六十五日，两日夜成凡二千四百言，二百四十韵。从来悼亡，无此支离繁缛者。孤灯自读，凄风飒雨，悲音起帘栊，振林木，能令搏黍巧啭，化为望帝帝魂，抑使庭下香雪数十株，咸闭影零英，泥为尘土。嗟乎！奉倩之神伤矣，文通之才尽矣。亡妾有灵，应怜余报知酬德之一念。而世之读此者，当知登徒子非好色者也。

跋

　　吾知吾辟疆董俌小宛之淑而文也，乃先其遊蓬岛也。忽焉顷卜珠媚，辟疆为文以写忧而祖之，因以见示。

余读之，冷酸热痛，五内无主，不能竟。何其靓深清秘，凄切幽微，骚赋璇玑无足以当驱策，肠断而声流，魂消而音杳。怨莫泣愬，无境不臻，竟不知悒怏于何寓焉。鹃啼春暮，鹤惊秋空，渊客鸣机，湘灵怨瑟，斯亦情文之极致已。

然非儿女之多情，了无膏馥之妮态，雅韵高怀，难为具述。忧来无方，不可遏绝，愁绪如织，若春蚕之缠绵而不已也。吾惧其损神焉！

人苟有情，谁能遣此。吾谓古之同气，夙称友姊，良娣如斯，洵云友妹。姊疑尊而反疏，娣则亲而益亲也。

顾其为文，嘉葩丽藻，奥衍芳鲜，不几文史乎哉。工之辞多，出之情寡，非所论于情之至也。

大雅钟情，笔补造化，升沉之外，生面常开，若干莫爪发，精灵百代，漫理微分，款识而已。涕泪千古，其有既乎？久褰赞述，未能一词。复读斯文，知不能破夫君之涕也，竟废然而返已。

七十一叟笨伯超处题

冒姬董小宛传

张明弼

　　董小宛，名白，一字青莲，秦淮中乐籍奇女也。七八岁，母陈氏教以书翰，辄了了。年十一二，神姿艳发，窈窕婵娟，无出其右；至针神曲圣、食谱茶经，莫不精晓。顾其性好静，每至幽林远壑，多依恋不能去；若夫男女阗集，喧笑并作，则心厌色沮，亟去之。居恒揽镜自语其影曰："吾姿慧如此，即诎首庸人妇，犹当叹采凤随鸦，况作飘花落叶乎？"

　　时有冒子辟疆者，名襄，如皋人也，父祖皆贵显。年十四，即与云间董太傅、陈征君相倡和。弱冠，与余暨陈则梁四五人刑牲称雁序于旧都。其人姿仪天出，神清彻肤。余尝以诗赠之，目为"东海秀影"。所居凡女子见之，有不乐为贵人妇，愿为夫子妾者无数。辟疆顾高自标置，每遇狭斜掷心卖眼，皆土苴视之。己卯，应制来秦淮，吴次尾、方密之、侯朝宗咸向辟疆啧啧小宛名。辟疆曰："未经平子目，未定也。"而姬亦时时从名流宴集间闻人说冒子，则询冒子何如人。客曰："此今之高名才子，负气节而又风流自喜者也。"则亦胸次贮之。

比辟疆同密之屡访，姬则厌秦淮嚣，徙之金阊。比下第，辟疆送其尊人秉宪东粤，遂留吴门。闻姬住半塘，再访之，多不值。时姬又恶嚣，非受縻于炎炙，则必逃之鼪鼯之径。一日，姬方昼醉睡，闻冒子在门，其母亦慧倩，亟扶出相见于曲栏花下。主宾双玉有光，若月流于堂户，已而四目瞪视，不发一言。盖辟疆心筹谓此人眼第一，可系红丝。而宛君则内语曰："吾静观之，得其神趣，此殆吾委心塌地处也。"但即欲自归恐太遽。遂如梦值故欢旧戚，两意融液，莫不举似，但连声顾其母曰："异人，异人！"

辟疆旋以三吴坛坫争相属，凌遽而别。阅屡岁，岁一至吴门，则姬自西湖远游于黄山白岳间者，将三年矣。此三年中，辟疆在吴门有某姬，亦倾盖输心，遂订密约，然以省觐往衡岳，不果。辛巳夏，献贼突破襄樊，特调衡永兵备使者监左镇军。时辟疆痛尊人身陷兵火，上书万言于政府言路，历陈尊人刚介不阿，逢怒同乡同年状，倾动朝堂。至壬午春，复得调。辟疆喜甚，疾过吴门，践某姬约。至则前此一旬，已为窦霍豪家不惜万金劫去矣。

辟疆正旁皇郁壹，无所寄托，偶月夜，荡叶舟随所飘泊，至桐桥内，见小楼如画，闲立水涯。无意询岸边人，则云："此秦淮董姬。自黄山归，丧母，抱危病，镉户二旬余矣。"辟疆闻之，惊喜欲狂。坚叩其门，始得入。比登楼，则灯炧无光，药铛狼藉。启帷见之，奄奄一息者，小宛也。姬忽见辟疆，倦眸审视，泪如雨下，述痛母怀君状，犹乍吐乍含，喘息未定。至午夜，披衣遂起，曰："吾疾愈矣！"乃正告辟疆曰："吾有怀久矣。夫物未有孤产而无耦者，如顿牟之草、磁石之铁，气有潜感，数亦有冥会。今吾不见子则神废，一见子则神立。二十日来，勺粒不沾，医药罔效；今君夜半一至，吾遂霍然。君既有当于我，我岂无当于君？愿以此刻委终身于君，君万勿辞！"辟疆沉吟曰："天下固无是易易事。且君向一醉晤，今一病逢，何从知余？又何从知余闺阁中贤否？乃轻身相委如是耶？且近得大人喜音，明蚤当遣使襄樊，何敢留此？"请辞去。

至次日，姬靓妆鲜衣，束行李，屡趣登舟，誓不复返。姬时有父，多嗜好，又荡费无度，恃姬负一时冠绝名，遂负逋数千金，咸无如姬何也。自此度浒墅，游惠山，历毗陵、阳羡、澄江，抵北固，登金焦。姬著西洋布退红轻衫，薄如蝉纱，洁比雪艳，与辟疆观竞渡于江山最胜处，千万人争步拥之，谓江妃携偶踏波而上征也。凡二十七日，辟疆二十七度辞。姬痛哭，叩其意。辟疆曰："吾大人虽离虎穴，未定归期，且秋期逼矣，欲破釜焚舟，冀一当，子盍归待之？"姬乃大喜曰："余归，长斋谢客，茗碗炉香，听子好音。"遂别。自是杜门茹素，虽有窦霍相檄，佻挞横侮，皆假贷贿赂，以蝉脱之。短缄细札，责诺寻盟，无月不数至。

迫至八月初，姬复孤身挈一妇从吴买舟江行，逢盗，折舵入苇中，三日不得食。抵秦淮，复停舟郭外，候辟疆闱事毕，始见之。一时应制诸名贵咸置酒高宴。中秋夜，觞姬与辟疆于河亭，演怀宁新剧《燕子笺》。时秦淮女郎满座，皆激扬叹羡，以姬得所归，为之喜极泪下。

榜发，辟疆复中副车，而宪副公不赴新调，请告适归；且姬索逋者益众，又未易落籍，辟疆仍力劝之归，而以黄衫押衙托同盟某刺史。刺史莽，众哗，挟姬匿之，几败事。虞山钱牧斋先生，维时不惟一代龙门，实风流教主也。素期许辟疆甚远，而又爱姬之俊识，闻之，特至半塘，令柳姬与姬为伴，亲为规画，债家意满。时又有大帅以千金为姬与辟疆寿，而刘大行复佐之，凡三日，遂得了一切，集远近与姬饯别，于虎疁买舟，以手书并盈尺之券送至如皋，又移书与门生张祠部为之落籍。

八月初，姬南征时，闻夫人贤甚，特令其父先至如皋，以至情告夫人，夫人喜诺已久矣。姬入门后，智慧络绎，上下内外大小，罔不妥悦。与辟疆日坐画苑书圃中，抚桐瑟，赏茗香，评品人物山水，鉴别金石鼎彝；闲吟得句与采辑诗史，必捧砚席为书之。意所欲得与意所未及，必控弦追箭以赴之。即家所素无，人所莫办，仓猝之间，靡不立就。相得之乐，两人恒云天壤间未之有也。

申酉崩折，辟疆避难渡江，与举家遁浙之盐官，履危九死，姬不以身先，则愿以身后："宁使贼得我则释君，君其问我于泉府耳。"中间智计百出，保全实多。后辟疆虽不死于兵，而濒死于病。姬凡侍药不间寝食者，必百昼夜。事平，始得同归故里。前后凡九年，年仅二十七岁，以劳瘁病卒。其致病之由与久病之状，并隐微难悉，详辟疆《忆语》《哀辞》中，不惟千古神伤，实堪令奉倩、安仁阁笔也！

琴牧子曰：姬殁，辟疆哭之曰："吾不知姬死而吾死也！"予谓父母存，不许人以死，况裯席间物乎？及读辟疆《哀辞》，始知情至之人，固不妨此语也。夫饥色如饥食焉，饥食者获一饱，虽珍羞亦厌之。今辟疆九年而未厌，何也？饥德非饥色也。栖山水者十年而不出，其朝光夕景，有以日酣其志也，宛君其有日酣冒子者乎？虽然，历之风波疾厄盗贼之际而不变，如宛君者，真奇女，可匹我辟疆奇男子矣！

图书在版编目（CIP）数据

影梅庵忆语 / （清）冒襄著；半枝半影译注 . -- 桂林：漓江出版社，2021.1
ISBN 978-7-5407-8880-3

Ⅰ . ①影… Ⅱ . ①冒… ②半… Ⅲ . ①古典散文—散文集—中国—清代 Ⅳ . ① I264.9

中国版本图书馆 CIP 数据核字 (2020) 第 094848 号

影梅庵忆语
YINGMEIAN YIYU

〔清〕冒　襄　著
半枝半影　译注 / 解读

出 版 人　刘迪才
策划编辑　符红霞
责任编辑　杨　静
助理编辑　赵卫平
封面设计　佚　名
内文设计　柒拾叁号
责任监印　黄菲菲

出版发行　漓江出版社有限公司
社　　址　广西桂林市南环路 22 号
邮　　编　541002
发行电话　010-65699511　0773-2583322
传　　真　010-85891290　0773-2582200
邮购热线　0773-2582200　　　电子信箱　ljcbs@163.com
微信公众号　lijiangpress

印　　制　北京中科印刷有限公司
开　　本　880 mm × 1230 mm　1/32
印　　张　6.5
字　　数　180 千字
版　　次　2021 年 1 月第 1 版
印　　次　2021 年 1 月第 1 次印刷
书　　号　ISBN 978-7-5407-8880-3
定　　价　45.00 元